CHATS CHAUVES ET CHAFOUINS

LES ENQUÊTES DE LA CHUCHOTEUSE
LIVRE 3

MOLLY FITZ

MINOU MYSTÉRIEUX

AU SUJET DE CE LIVRE

Je n'ai jamais signé pour devenir détective privée avec un chat narquois sachant parler pour partenaire, mais je ne peux plus faire marche arrière. D'autant plus qu'une politicienne célèbre a été assassinée presque dans mon jardin.

Les seuls témoins ont été les deux chats chauves de la sénatrice, Jacques et Jillianne. Normalement, les animaux domestiques veulent nous aider à résoudre le meurtre de leurs maîtres, mais cette fois, les deux félins sournois pourraient bien être les coupables...

Étonnamment, mon propre complice, Octo-Chat, veut m'aider, mais il comprend à peine nos deux suspects principaux à cause de leur accent étrange de

Sphynx. Et moi qui croyais que c'était déjà difficile de parler le chat de gouttière !

Alors voilà, même après deux affaires réussies, je ne sais pas vraiment comment je vais résoudre celle-ci. Est-ce trop tard pour choisir une autre carrière ?

REMARQUE DE L'AUTRICE

Bonjour, merci d'avoir choisi ce livre ! Si vous aimez autant que moi les *cozy mysteries* qui font rire, nous allons bien nous entendre.

Pour commencer, j'aimerais vous inviter sur ma page Facebook dédiée exclusivement à mon lectorat francophone. Vous pouvez le faire ici :

facebook.com/lapilealire

Et vous pouvez également vous inscrire à ma newsletter pour recevoir un cadeau numérique gratuit comprenant une histoire exclusive au sujet d'Octo-Chat que je réserve à mes abonnés:

minoumystérieux.com/abonnez

Nous allons bien nous amuser ensemble. Tout commence en tournant la première page...

On se revoit de l'autre côté,

MOLLY

1

Bonjour, je m'appelle Angie Russo et mon chat n'arrête jamais de parler. Pas seulement en miaulant, mais en prononçant de véritables mots que je peux comprendre. Jusqu'ici, je suis la seule qui semble avoir cette capacité, et je n'ai toujours pas la moindre idée de la cause.

Tout a commencé quand j'ai été électrocutée par la cafetière défectueuse au cabinet d'avocats dans lequel je travaille en tant qu'assistante juridique. Depuis, Octo-Chat et moi avons utilisé notre lien privilégié pour résoudre deux enquêtes de meurtre ensemble. Oui, même moi je dois admettre que nous formons une assez bonne équipe.

Quelques semaines se sont écoulées seulement depuis que notre super travail de détective a fait sortir de prison Brock Calhoun, un homme à tout faire local. Mon acolyte félin me supplie déjà de commencer une autre affaire. Apparemment, faire la sieste et se plaindre toute la journée n'est plus assez excitant pour lui, désormais.

Toute ma vie, j'ai cherché un talent unique qui pouvait me rendre différente et me donner un but. Ma grand-mère était à Broadway dans sa jeunesse et mes parents travaillent tous deux pour le journal télévisé local et ils adorent ce qu'ils font.

Ils étaient tous certains de leur talent assez tôt dans la vie, mais j'ai vraiment ramé pour préciser le mien. Je n'ai même pas réussi à comprendre suffisamment ma passion pour obtenir une licence, collectionnant sept BTS à la place.

Ce qui est certain, c'est que je ne m'attendais pas à trouver ma véritable vocation en tant qu'assistante juridique, surtout si l'on considère à quel point j'ai toujours détesté les avocats. Mais maintenant que j'ai Octo-Chat et ma capacité spéciale, je trouve que travailler dans les bureaux de Thompson, Longfellow et Associés fournit le moyen parfait d'utiliser mes nouveaux talents pour faire le bien... d'autant plus que l'associé le plus récent est au courant de ma capacité à parler aux animaux.

Ah oui ! Charles n'a pas été renvoyé. À la place, il

a été promu. J'étais si fière de lui que j'ai même suggéré que nous retournions au restaurant Little Dog à Misty Harbor pour fêter ça avec les meilleurs sandwiches au homard du monde. Il m'a dit qu'il fallait le faire à un autre moment, cependant, parce qu'il avait déjà des plans avec sa nouvelle petite amie, Breanne Calhoun.

Oui, ça non plus, je n'ai pas compris.

La nouvelle qu'il avait commencé à fréquenter l'agente immobilière froide et agaçante que nous avions très récemment soupçonnée de meurtre suffit à mettre fin à mon béguin pour Charles une bonne fois pour toutes. J'ai aussi décidé de ne pas reprendre Octo-Chat la prochaine fois qu'il parlera de lui en le nommant « Upchuck ». Son véritable surnom est Chuck, mais Octo-Chat préfère la référence au vomi.

L'idée de Breanne et lui ensemble me rend malade, moi aussi.

Je suppose que c'est pour le mieux, toutefois. Je dois vraiment me concentrer sur la compréhension de mes nouvelles capacités à chuchoter aux oreilles des animaux domestiques, et Octo-Chat et moi devons nous améliorer pour enquêter sur les affaires sans éveiller les soupçons de la communauté. Cela signifie que je n'ai plus de temps pour l'amour ou l'engouement ou quoi que ce soit que j'ai pu ressentir un jour pour Charles.

Bref, qui a besoin d'un petit ami quand on a un chat qui parle ?

Pas moi. Enfin, pas pour l'instant.

Dernièrement, j'ai passé beaucoup plus de temps avec ma mère. Depuis qu'elle nous a aidés à attraper le véritable assassin de notre dernière affaire, sa carrière a fait un bond. Elle a obtenu le scoop exclusif et elle a même réussi à filmer notre confrontation avec la meurtrière en direct. La nouvelle a été reprise dans tout le pays, et mon père et elle ont reçu des offres d'emploi de partout.

La dernière venait de San Antonio, je crois.

Cependant, elle n'accepte aucune d'elles. En tout cas, pas tant que je n'accepte pas de déménager avec eux. Mais je ne quitterai jamais Mamie et Mamie ne quittera jamais Blueberry Bay.

Nous restons donc exactement là où nous sommes.

Bien sûr, si suffisamment de gens apprennent mon secret, il me faudra sans doute finir par partir. Pour l'instant, un total de cinq personnes est au courant : Mamie et mes parents, à qui je l'ai volontairement révélé, ainsi que Charles Longfellow le troisième, et une étudiante qui s'appelle Mitch, tous deux l'ayant découvert par accident. Avec un peu de chance, je peux empêcher ce nombre d'augmenter, mais il semblerait que plusieurs personnes sont déjà sur le point de tout comprendre.

Et cela m'inquiète vraiment.

D'autant plus que ma mère vient de m'inviter à l'aider dans sa nouvelle mission de journalisme d'investigation...

J'étais enfin passée à un mi-temps au cabinet, et aujourd'hui était un de mes jours de congé.

Et par cela, je veux dire que je pouvais rester à la maison et faire les cartons de ma petite maison de location sous la supervision d'un chat tigré très exigeant.

Non seulement je devais me débarrasser d'un certain nombre de biens qu'il trouvait inappropriés, mais il était aussi la raison pour laquelle je devais déménager. D'accord, c'était moi qui lui avais dit que je lui devais une énorme faveur s'il me permettait de lui faire porter un harnais pour le promener dehors. Je n'avais pas compté sur le fait que cette faveur fasse plus de cinq cent cinquante mètres carrés.

Il voulait en effet que j'achète le vieux manoir

dans lequel il avait vécu avec Ethel Fulton avant qu'elle soit assassinée et qu'il vienne vivre avec moi après une série d'événements véritablement incroyables. Maintenant, un harnais à douze dollars me coûtait une grande partie de ma pension mensuelle de cinq mille dollars, et j'avais appris à faire plus attention en promettant des faveurs non définies à mon compagnon félin.

Oui, mon ancien patron, Richard Fulton, m'avait proposé une réduction généreuse du prix. En outre, il y eut peu d'acheteurs intéressés une fois que la population avait découvert que l'ancienne propriétaire avait été assassinée, mais quand même — *quand même!* — posséder le manoir Fulton requérait une jolie somme de ma part, pas seulement pour le crédit, mais aussi pour effectuer les nombreuses réparations qui semblaient plus ou moins essentielles pour des raisons de sécurité.

En tout cas, c'était ce qu'avait dit l'expert.

Très peu de temps s'est écoulé, pourtant la vente est définitive et la maison est prête à accueillir Octo-Chat et moi. C'est amusant comme la bureaucratie peut soit ralentir les choses, soit les accélérer, selon le côté par lequel on aborde la paperasse. Autour de Blueberry Bay, les Fulton possédaient en quelque sorte la machine à imprimer cette paperasse, ce qui voulait dire que j'ai pu acheter un manoir en faisant très peu d'efforts.

Mamie, qui m'adore autant qu'elle aime mon chat, a décidé de m'aider également. Même si elle possédait sa petite maison de style Cape Cod depuis plus de trente-cinq ans, elle avait décidé qu'il était temps de vendre et d'emménager avec moi dans ma nouvelle villa en bord de mer.

— La différence étant, expliqua-t-elle, que cette fois je vivrais avec toi et pas l'inverse.

C'était sa justification quand elle m'avait virée de sa maison moins d'un an auparavant, pour finir par emménager avec moi maintenant.

Franchement, je suis plutôt ravie d'avoir un intermédiaire supplémentaire en ce qui concerne Octo-Chat. Je l'aime plus que tout, mais il m'énerve aussi très régulièrement, trouvant constamment de nouveaux moyens pour enfreindre les barrières maladroitement érigées par moi.

Ainsi, nous emménageons tous ce week-end, même si Mamie n'a pas encore eu d'offre sur sa maison. Breanne prétend que ce sera plus facile à vendre sans habitant. Oui, moi non plus, je n'arrivais pas à croire que Mamie ait engagé l'Agence Immobilière Calhoun pour mettre sa maison en vente. Elle et moi devions avoir une discussion sérieuse au sujet de la loyauté familiale.

Mais d'abord, nous devions survivre à notre gros déménagement.

— Quelque vient de se garer dehors, m'informa Octo-Chat en sautant sur le lit où j'avais étalé une grande partie de ma garde-robe pour l'évaluer. Faire les cartons était une bonne occasion de faire du tri, même si mon espace de vie allait augmenter de presque dix fois.

Un peu plus tard, j'entendis frapper urgemment à la porte d'entrée et la voix de ma mère cria :

— Angie ? Angie, es-tu là ?

— J'arrive ! dis-je en laissant tomber le carton à moitié plein que j'avais dans les bras.

Je tournai le verrou et ma mère entra immédiatement.

— Tu ne devineras jamais ce qui est arrivé ! me dit-elle en ouvrant mon placard et en attrapant une de mes vestes qu'elle me jeta d'un air excité.

— Quoi ? demandai-je, toujours un peu endormie et pas tout à fait prête pour ce niveau d'enthousiasme.

Elle me suivit dans la cuisine où j'attrapai une canette de Mountain Dew sans sucre que j'ouvris. C'était ma dernière tentative pour trouver une bonne alternative au café, et jusqu'ici, ça fonctionnait.

— Lou Harlow a été assassinée ! dit-elle en poussant un cri de joie.

— Euh, Maman. Que dirais-tu de manifester un peu moins de joie à la mort de quelqu'un, s'il te plaît ?

Lou Harlow n'était pas simplement une habitante au hasard. En étant l'un des deux sénateurs nommés pour représenter le grand état du Maine, elle était une des personnes les plus célèbres qui résidaient dans notre petit coin de Blueberry Bay.

Et maintenant, elle était morte. Et pour une raison que j'ignorais, cela enthousiasmait beaucoup ma mère.

— Je suis désolée. Je sais que c'est triste qu'elle soit morte et tout, mais devine à qui on a demandé de faire un reportage ?

Elle se mordit la lèvre inférieure et pointa les deux pouces vers sa poitrine en écarquillant les yeux de façon comique.

— Félicitations, murmurai-je, toujours mal à l'aise à cause de sa réaction.

— Merci, dit-elle avec un sourire superficiel. Il s'avère que j'ai si bien travaillé pour le meurtre des Hayes que la chaîne voudrait que je fasse un autre reportage d'investigation.

— Je suis vraiment heureuse pour toi, maman.

Et c'était le cas. Elle avait travaillé dur pour en

arriver là, et elle avait enfin des résultats... des corps à la morgue, je suppose.

— Bien, parce que j'ai besoin que tu le fasses avec moi.

— Quoi? Non, non, non, non.

Oui, j'avais été sur le terrain pour trouver le véritable tueur des Hayes et disculper Brock Calhoun, mais ça ne voulait pas dire que j'avais envie de me lancer tout de suite dans une autre enquête de meurtre, particulièrement une qui soit aussi ambiguë que celle-ci.

— Angie, je crois que tu n'as pas vraiment le choix.

Je poussai un grognement en secouant la tête.

— Ah oui, c'est vraiment la bonne façon de me convaincre...

— La sénatrice a été tuée chez elle, révéla-t-elle. Sais-tu où se trouve cette maison?

— Quelque part à Glendale? devinai-je en soupirant.

— Pas seulement quelque part, rectifia ma mère avec une nouvelle lueur dans ses yeux noisette. Juste à côté de ta nouvelle maison.

2

Eh bien, ceci était exactement ce dont je n'avais *pas* besoin le jour de mon déménagement. Ma nouvelle maison avait déjà été entachée par un meurtre, et maintenant la maison voisine était également devenue une scène de crime en cours.

Ma mère me fixa avec de grands yeux étincelants.

— Eh bien ?

Elle me donna un coup de coude, comme si nous étions en train de nous échanger des ragots sur la téléréalité. Nous n'étions pas à la télévision, cependant. C'était la vraie vie. *Ma vie.*

— Je connais ce regard, proclama Octo-Chat qui était assis à côté de moi. C'est le même que tu as juste avant de décider de faire quelque chose de stupide.

— Eh bien, bonne chance pour ton enquête, marmonnai-je en espérant les faire taire tous les deux afin que je puisse continuer mes cartons.

Ça ne fonctionna pas.

Ma mère me saisit par les deux poignets et essaya de me tirer de ma chaise.

— Viens avec moi. J'ai besoin de toi, gémit-elle en étirant théâtralement chaque mot.

Pas étonnant qu'elle soit devenue la nouvelle égérie du journal de Blueberry Bay. Même moi, j'avais envie de savoir ce qui allait se passer ensuite, tout en le redoutant.

Je retirai brusquement mes bras et je les croisai, sur la défensive.

— Au cas où tu l'aurais oublié, c'est le jour de mon déménagement et j'ai encore beaucoup de choses à faire avant que les déménageurs arrivent ici dans quelques heures.

Ma mère refusa cette excuse en se plaçant derrière ma chaise et en posant une main sur chacune de mes épaules, ce qui me fit grimacer.

— Quelques heures? Eh bien, c'est largement suffisant pour aller jeter un rapide coup d'œil. De plus, n'es-tu pas curieuse?

Je me mordis la lèvre et je fis de gros efforts pour ne rien dire. En vérité, j'avais commencé à apprécier l'excitation des enquêtes. En dépit de mon bon sens et de mes priorités plus grandes, j'étais intriguée par ce nouveau meurtre en ville qui avait eu lieu juste à côté de ma nouvelle maison.

Un cadavre tout frais juste à côté. Quel beau cadeau pour emménager!

En voyant qu'elle m'avait appâtée, ma mère commença à me ramener comme un poisson. Elle plaça son visage à côté du mien et inclina ma chaise en arrière.

— Voilà ce que je te propose. Que dirais-tu de venir avec moi maintenant, et après un rapide coup d'œil, je reviendrai t'aider à finir les cartons. Marché conclu?

Je poussai un gémissement en posant le front sur la table. Les pieds avant de la chaise atterrirent sur le sol avec un bruit désagréable.

— Marché conclu, murmurai-je contre le bois froid.

— De retour en plein milieu de l'action. Pourquoi ne suis-je pas surpris? commenta Octo-Chat d'un ton narquois avant de s'éloigner sans me jeter un seul regard.

— Youpi!

Ma mère frappa plusieurs fois dans ses mains et recommença à tirer sur mon bras. Parfois, j'avais l'impression d'être la personne la plus adulte de toute ma famille, ce qui n'était pas rien, vu que ma mère avait la cinquantaine et Mamie avait allègrement dépassé les soixante-dix ans.

— Allons-y, dit ma mère en tirant une fois de plus sur mon bras. Cette fois, je me levai et je la suivis.

— Je te dirai ce que je sais pendant le trajet.

Comme promis, dès l'instant où les portières de la voiture se refermèrent derrière nous, ma mère enfonça la clé dans le contact et commença à parler.

— Je sais que tu n'as jamais été très intéressée par la politique, mais c'était le quatrième mandat de sénatrice de Lou Harlow. Elle a gagné chaque mandat avec beaucoup d'avance sur ses adversaires et elle allait sans doute être réélue la prochaine fois également. Tout le monde l'aimait beaucoup par ici, ce qui rend sa mort encore plus choquante.

Je me rongeai l'ongle du pouce pendant qu'elle parlait, une mauvaise habitude que j'arrivais de moins en moins à contrôler, dernièrement.

Ma mère arracha mes doigts de ma bouche avec une de ses mains parfaitement manucurées.

— Arrête ça. C'est dégoûtant!

— Pardon, marmonnai-je en faisant passer l'index sur l'ongle abîmé de mon pouce et en me concentrant sur l'affaire en cours.

— Alors, un rival politique voulait sa place et c'était plus facile de l'assassiner plutôt que d'essayer de gagner honnêtement ?

— Peut-être, dit ma mère en ramenant les deux mains sur le volant, maintenant qu'elle avait décidé qu'il était inutile de me frapper une deuxième fois. Nous allons en tout cas travailler sur cette idée et voir ce que nous trouvons.

Je percevais un *mais*. Comme ma mère ne le fournit pas, je décidai de l'encourager.

— Mais ?

— Pourquoi la tuer chez elle alors qu'elle passe la majorité de son temps à Washington ? me demanda-t-elle, comme si je risquais d'avoir la réponse.

Je haussai les épaules.

— C'était peut-être plus pratique.

Elle fronça les sourcils en réfléchissant.

— C'est trop évident, cependant. Tu ne crois pas ?

— Eh bien, peut-être que notre tueur n'est pas très malin. Comment est morte la sénatrice, d'ailleurs ?

Dans mon expérience, les tueurs étaient en général assez malins, en fait. Malins, mais arrogants. Si l'on combine ces caractéristiques avec leur absence de sens moral, cela causait souvent des problèmes... à la fois pour leurs victimes et pour moi, la jeune détective fougueuse faisant de mon mieux pour les faire condamner.

Enfin, dernièrement, en tout cas.

Allais-je éternellement continuer à pourchasser les tueurs à Blueberry Bay?

L'avenir allait le dire, mais j'avais comme l'impression que la réponse était un gros «*Oh oui, carrément!*»

Ma mère s'arrêta à un stop et mit son clignotant, puis elle se tourna pour me regarder. Une fois de plus, son visage était rempli de joie en révélant :

— Quelqu'un l'a poussée en bas des escaliers!

Oh, pour l'amour de...

— Dans ce cas, comment savent-ils qu'il ne s'agissait pas d'un simple accident bête?

J'avais l'impression que nous nous étions un peu emballées toutes les deux et voilà que je me considérais comme la détective du siècle... en tout cas pour Glendale, dans le Maine.

Ma mère sembla troublée.

— *Ils?* Qui ça, ils? Nous sommes celles qui enquêtent là-dessus, et nous n'en sommes pas encore certaines, mais nous soupçonnons un acte criminel.

Je me mordis la langue pour ne pas faire remarquer que les officiers de police étaient toujours les véritables enquêteurs et que j'étais trop nouvelle dans l'affaire pour faire partie de son *nous*. Apparemment, je devais aussi apprendre cette leçon moi-même.

En chassant ma déception, je tournai la tête pour regarder filer le paysage de l'autre côté de la vitre. La verdure s'étirait aussi loin que portait le regard : des arbres, des fleurs, de l'herbe, de la vie partout. Enfin, sauf dans le manoir de Lou Harlow.

Des mouettes flottaient sur la brise, me rappelant que la magnifique baie de Blueberry se trouvait juste derrière l'horizon. Nous vivions si près de l'océan que l'air avait toujours un léger goût salé. Ma nouvelle maison était en fait si proche de la rive que je pouvais m'y rendre à pied en dix minutes.

— J'aimerais vraiment que les gens puissent arrêter de mourir par ici, dis-je à ma mère avec un soupir.

Nous étions dans une petite ville. Si les meurtres continuaient au même rythme, nous allions perdre la moitié de la population avant la fin de l'année suivante.

— Ne penses-tu pas que c'est un peu excitant ? demanda ma mère en nous conduisant sur l'allée privée qui desservait les maisons les plus en vue de Glendale... y compris maintenant, assez inexplicablement, la *mienne*.

Je comprenais cependant ce que voulait dire ma

mère. Pendant des années, elle avait gaspillé ses talents journalistiques avec des articles complaisants et des faits divers. Cette nouvelle tournure des événements dans notre petite ville faisait la une et rendait son travail bien plus intéressant.

Malgré tout, des gens mouraient, et c'était un problème.

Je n'eus pas besoin de répondre à sa question grâce à l'apparition de lumières clignotantes rouges et bleues en haut de la colline. Ma mère passa devant ma nouvelle maison et s'engagea sur l'allée conduisant à la propriété de feu Lou Harlow. Il y avait des policiers partout, certainement plus qu'il n'y en avait dans notre petite ville tranquille. On aurait dit que tout le comté était arrivé. Restait à voir si c'était pour aider l'enquête ou simplement pour regarder ce qu'il se passait.

Quelques officiers se tenaient près de l'entrée et bavardaient en tenant des cafés à emporter. D'autres se pavanaient sur la propriété en parlant dans leur radio et en essayant de prendre des airs importants. Quelqu'un d'autre travaillait à étirer autour de la terrasse le ruban de scène de crime jaune qui détonnait dans le paysage.

Je détestais ça. Je le détestais tant. La bonne sénatrice méritait mieux que ça. Comme nous tous.

Ma mère se gara juste derrière la voiture de police la plus proche et coupa le moteur.

— Prête ? demanda-t-elle avec un bref coup d'œil dans ma direction avant de charger hors de la voiture jusqu'au groupe de policiers qui s'étaient rassemblés près de la maison.

— Vous avez une scène de crime impressionnante ici, dit-elle jovialement pendant que je luttais pour la rattraper.

Même si j'étais plus grande que ma mère et que j'aurais dû avancer plus vite, elle filait toujours comme un colibri, bougeant parfois si vite que l'on pouvait à peine suivre ses mouvements.

— Oui, et elle est privée, nous informa une policière du comté en nous chassant de la main.

— Laura Lee, Journal de Channel 7, répondit fièrement ma mère en avançant la main pour la saluer.

La policière eut un rictus de mépris et refusa de lui serrer la main.

— Oh, alors nous ne voulons absolument pas de votre présence ici.

Un de nos policiers locaux nous aperçut depuis l'autre côté du jardin et cria :

— Ça va. Elle est avec nous.

L'officier Bouchard accourut.

— Elle a les autorisations nécessaires, annonça-t-il aux autres.

— Merci, dit ma mère en minaudant devant la policière du comté qui avait essayé de nous refuser l'accès. Maintenant, soyez gentille et renseignez-nous, s'il vous plaît.

Je soupirai et je me dis que *Comment se faire des amis et influencer les gens* allait être le cadeau parfait pour ma mère lors des prochaines fêtes.

— Officier Raines ? lut ma mère sur le badge de la policière en colère. Je veux juste vous aider.

— Mon œil, cracha l'autre.

J'essayai de ne pas écouter leurs chamailleries en examinant la grande façade en pierre devant nous. Comme ma nouvelle maison — le manoir Fulton — celle-ci faisait au moins quatre cent soixante mètres carrés et elle était sans doute aussi vieille que l'état du Maine. De magnifiques fenêtres en saillie émergeaient à des intervalles irréguliers au deuxième étage dans ce qui semblait être une rénovation récente. Je me demandai si l'on pouvait voir l'océan d'en haut. Quoi qu'il en soit, cela donnait l'impression d'être un agréable petit coin pour traîner avec un bon livre. Je pouvais peut-être ajouter une banquette de fenêtre dans ma propre rénovation.

Je m'étais presque entièrement immergée dans

mon fantasme de lectrice quand un mouvement attira mon regard. Je plissai les yeux pour essayer de distinguer ce qu'il y avait là-haut, mais je ne vis que les rideaux s'agiter. Ce qui observait la scène chaotique au-dessous avait maintenant disparu.

Je laissai ma mère continuer sa querelle avec l'officier Raines et je m'approchai lentement de l'entrée. Sa méthode de prédilection était peut-être de parler, mais j'avais toujours préféré sauter des deux pieds dans la scène de crime et voir ce que je pouvais découvrir.

Au moins, si des problèmes m'attendaient à l'intérieur, je savais qu'il y avait une bonne dizaine de policiers tout près. N'importe lequel pouvait m'aider si nécessaire.

Vous voyez ?

Je n'avais pas à m'inquiéter en me faufilant jusqu'au milieu de cette scène de crime toute fraîche.

3

algré l'effervescence à l'extérieur, l'intérieur du manoir était vide... étrangement vide. Dès que j'entrai, je me retrouvai nez à nez avec un grand escalier. Il avait été bouclé et la zone était déjà nettoyée, mais le dérangement récent était évident.

Une des marches du bas s'était enfoncée, remettant en question la solidité de toute la structure. À quelques mètres du palier, la position du corps avait été marquée par un contour blanc. *La pauvre sénatrice.* Vivante, elle avait été une force de la nature, mais le tracé délimitant sa mort semblait incroyablement petit.

Même si ma mère supposait que je ne connaissais rien de la scène politique ou des événements actuels en général, j'avais en réalité voté pour la sénatrice lors de ses deux récentes élections. Elle s'était battue pour protéger la beauté naturelle de notre pays et les citoyens qui y habitaient. Même si j'aimais me considérer comme impartiale, j'étais assez souvent d'accord avec les points de vue de la sénatrice Lou Harlow.

En outre, d'après les quelques interviews télévisées ou articles de journaux en ligne que j'avais aperçus, elle me plaisait. Elle me faisait penser à Mamie, mais en tailleur-pantalon sur-mesure au lieu d'un kimono en soie.

Elle avait fait tant de travail infatigable pour les autres, et maintenant un de ces autres l'avait tuée. Je penchai la tête et je dis une rapide prière en espérant que sa mort soit arrivée vite et sans douleur, et que le tueur soit bientôt conduit devant la justice.

J'avais souvent été confrontée à des meurtres dernièrement, mais celui-ci me semblait plus personnel. Lou Harlow n'était pas une inconnue. C'était quelqu'un que j'avais vu à la télé, sur Internet et même parfois dans les journaux qui arrivaient encore jusqu'au cabinet d'avocats dans lequel je travaillais.

— Ah, te voilà, cria ma mère en dérangeant la sacralité du moment lorsqu'elle arriva en trombe par la porte d'entrée.

Je gardai les yeux rivés droit devant moi. Y avait-il un indice important que j'avais raté parce que les émotions venaient perturber mon bon sens ?

— Quel dommage, dit ma mère en montrant enfin un peu de remords.

Nous restâmes côte à côte à examiner la scène. Une lueur de jaune vert en haut des escaliers attira mon regard et je m'avançai pour mieux la voir.

— Qu'est-ce ? Que vois-tu ? demanda ma mère en chuchotant avec excitation.

Je n'avais toujours pas compris ce qu'il y avait là-haut, mais je le montrai du doigt.

Nous étirâmes le cou et nous nous déplaçâmes jusqu'à voir un visage effrayant ressemblant à celui d'une momie nous observant d'en haut.

— C'est une sorte d'animal, je crois.

Mais il ne ressemblait à aucun animal que j'avais déjà croisé. Peut-être dans un zoo, mais dans la campagne des côtes du Maine ? Je ne crois pas.

— La sénatrice avait deux chats domestiques, fit remarquer ma mère un continuant à s'agiter pour parvenir à discerner l'animal, elle aussi.

— Quoi qu'il y ait là-haut, je ne suis pas certaine qu'il s'agisse d'un chat.

Je fis un autre pas en avant en étirant le cou en

arrière pour avoir un meilleur point de vue. J'eus seulement mal au cou et rien de plus.

— *Pff*. Si seulement il ne faisait pas si sombre ici, gémis-je.

Ma mère leva son téléphone très haut, puis elle prit une photo de la zone en utilisant son flash. L'éclat de lumière suffit largement à illuminer le même petit animal qui avait attiré mon regard au départ. Un deuxième plus grand et de la même espèce était assis en arrière de la rampe. Ils ressemblaient toujours à quelque chose sortant tout droit d'un film d'horreur, mais maintenant, je pouvais au moins voir clairement qu'il s'agissait de chats.

Des chats chauves avec beaucoup de rides. *Beurk*.

Je frissonnai en imaginant Octo-Chat rasé de la même façon, et cette image mentale était encore plus effrayante que les deux sphinx étranges assis devant moi.

Maman me montra la photo qu'elle avait réussi à prendre sur son téléphone.

— Ce sont des chats sans poils, dit-elle d'un ton pragmatique.

Je frissonnai encore.

— Pourquoi voudrait-on un chat sans poils?

— Les allergies? L'attention? hasarda ma mère en

haussant les épaules. Ç'aurait pu être l'un comme l'autre, avec la sénatrice.

Un grognement se fit entendre d'en haut, et j'aurais pu jurer que les petits cheveux de ma nuque s'étaient dressés d'un seul coup. J'étais nouvellement étiquetée comme aimant les chats, alors pourquoi ces deux-là me faisaient-ils si peur ? Était-ce parce qu'ils étaient chauves ou parce qu'ils étaient planqués dans une scène de crime ? Les deux ?

Après un autre grognement appuyé, le plus grand des deux chats apparut en haut des escaliers, nous regardant comme un grand patron insatisfait. Ou un gardien de prison. Ou un tueur.

— Salut, dis-je alors que je savais qu'il ne pouvait pas me comprendre sans qu'Octo-Chat soit ici pour traduire.

Il ouvrit la bouche en grand, puis il laissa échapper un sifflement terrible avant de se retourner et de partir, suivi par le chat plus petit.

— Je suis officiellement terrifiée par ces choses-là, dis-je.

Ma mère rangea son téléphone dans son sac et se tourna vers moi avec le même air excité qu'elle avait affiché la plus grande partie de la matinée.

— Sais-tu à quoi je pense ?

— Je ne suis pas certaine de vouloir le savoir, avouai-je.

J'aurais dû être à la maison en train d'emballer les derniers cartons pour le grand déménagement, pas en train de trembler dans mes tongs à la vue de ces deux félins bizarres. Il n'y avait absolument aucune raison pour laquelle cette petite enquête ne pouvait pas avoir attendu.

Maman me prit la main et la serra. Il était évident que nous ne pensions pas la même chose.

— Je me dis, révéla-t-elle avec un petit cri de joie, que ça ressemble à un travail pour la Chuchoteuse, Détective Privée.

— La Chuchoteuse, Détective Privée ?

Je secouai la tête et je fis de mon mieux pour ne pas lever les yeux au ciel. Bien sûr, elle m'avait donné un surnom adapté aux titres des journaux. Elle avait sans doute déjà écrit et réécrit mon histoire dans sa tête.

— C'est ton nouveau nom, dit-elle en me serrant encore la main. Ça te plaît ?

— Euh, j'aime m'appeler simplement Angie.

Surtout, ne pas encourager ça. Je voulais que ma capacité spéciale reste secrète, pas qu'elle fasse la une des journaux.

— Pas pour toi, dit ma mère en soupirant. Pour ton entreprise.

— Je n'ai pas d'entreprise, fis-je remarquer.

Je n'aimais toujours pas la tournure que prenait cette conversation.

— Encore faux, chantonna-t-elle. Tu fais déjà le travail. Tu ferais aussi bien d'accrocher une enseigne et de te faire payer.

— C'est une idée intéressante, mais je ne veux pas que les gens sachent que je peux parler aux animaux, lui rappelai-je.

De plus, j'avais toujours mon salaire à mi-temps du cabinet d'avocats et le dédommagement mensuel parce que j'étais la responsable officielle d'Octo-Chat et la gestionnaire de son fonds fiduciaire.

— Tout le monde pensera que c'est une astuce, rétorqua ma mère en faisant un clin d'œil. Nous serons les seuls à connaître la vérité. De plus, ça te donnera une excuse pour prendre ton chat en enquêtant, ce dont tu as besoin, non ? Je veux dire, s'il avait été ici ce matin, nous aurions déjà bien avancé dans l'enquête. Ces chats savent ce qui est arrivé. J'en suis certaine.

— Pourquoi dois-tu être aussi enthousiaste ? demandai-je, résignée d'être apparemment à la tête d'une entreprise maintenant... et pire encore, que mon chat était mon nouvel associé.

— C'est le marketing, bébé, répondit maman en jetant les cheveux par-dessus ses épaules avec glamour.

Oh merde. Ou plutôt... oh, mère.

Je fis quelques pas en arrière, prenant soin de ne pas perturber la scène de crime en m'éloignant de la folle qui s'avérait être ma mère. En me tournant vers la porte, je dis :

— D'accord, très bien. Je vais juste aller m'assurer que la police est au courant qu'il y a des chats là-haut. Étant donné que les escaliers sont condamnés, ça ne sera peut-être pas facile de les faire descendre.

Ma mère me suivit lorsque je retournai dans la lumière du monde extérieur. Je plissai les yeux à cause du soleil qui m'assaillit soudain et je scrutai les lieux à la recherche de l'unique policier que je connaissais suffisamment pour m'en approcher. Quand mes yeux se furent réhabitués à la lumière, j'aperçus l'officier Bouchard au bord de la propriété. Il examinait un bosquet de conifères au bord d'une forêt bien plus grande d'arbres à feuilles caduques séparant la propriété d'Harlow de la mienne.

Je courus vers lui en sachant que ma mère n'aurait aucun problème à me suivre si elle le souhaitait.

— Saviez-vous qu'il y avait des chats à l'intérieur? lui demandai-je, gênée par le fait que ma respiration était haletante après ce court exercice physique.

— Il doit s'agir de Jacques et Jillianne, dit-il en gloussant. Ces petites choses sont laides, n'est-ce pas?

— Elles sont… mignonnes. Euh, d'une façon un peu différente, insistai-je.

D'une façon *très* différente. Malgré tout, même si je venais de penser la même chose que lui, je me sentis soudain défensive à leur égard.

Ma mère nous rejoignit alors, ayant choisi de traverser élégamment le champ plutôt que de courir comme moi. Je supposai que cela faisait maintenant partie de son personnage. *Les actualités n'attendent pour aucun homme*, m'avait-elle souvent dit, *mais pour une femme, peut-être.*

L'Officier Bouchard sourit gentiment à ma mère.

— Oui. La sénatrice les a récupérés chez un éleveur français, d'où les noms très chics. Ce sont de petites saletés impossibles à attraper. J'ai essayé toute la matinée, mais sans y parvenir. Je suppose qu'avec le parent proche qui arrive, les chats seront son problème.

— Le parent proche?

Ma mère s'immisça entre lui et moi. Elle avait déjà sorti son téléphone et lancé l'application d'enregistrement, tendant le téléphone vers lui comme un micro.

— Et de qui peut-il bien s'agir ?

L'officier Bouchard fixa le téléphone, puis il s'éclaircit la gorge et répondit d'une voix claire :

— Son fils, Matthew Harlow. Il vit à Chicago. Il devrait arriver ici à la tombée de la nuit.

— Et qui a tué Lou Harlow, selon vous ? demanda ma mère en approchant encore plus le téléphone de son visage.

Il soupira et poussa sa main sur le côté.

— Je pense que c'est trop tôt pour le dire. Nous n'avons même pas encore éliminé la possibilité qu'il s'agisse d'un accident.

Jusqu'à aujourd'hui, je n'avais vu qu'une seule scène de crime auparavant : celle de Bill et Ruth Hayes, assassinés dans leur propre maison. Je l'avais vue longtemps après les faits, mais j'avais eu la même sensation qu'aujourd'hui.

On pouvait appeler ça l'instinct.

Ou l'intuition.

Peut-être même un coup de chance.

Quoiqu'il en soit, je savais que ce n'était pas un accident qui avait tué Lou Harlow. Quelqu'un avait voulu sa mort et avait décidé de prendre les choses en main.

Maintenant, il nous suffisait de découvrir qui.

La Chuchoteuse, Détective Privée était officiellement sur le coup.

4

Comme promis, ma mère resta pour m'aider à finir mes cartons. Cela me faisait de la peine de l'admettre, mais je le regrettais presque. Pour commencer, elle avait une opinion sur *tout*.

Et je n'exagère pas. *Tout*.

Pendant qu'elle attrapait mes biens un par un, elle fronçait les sourcils et les retournait dans ses mains. Apparemment, elle pensait que si elle étudiait mes objets sous tous leurs angles, ils allaient soudain se transformer en quelque chose qui corresponde à ses attentes.

Petite, je m'étais souvent demandé si elle ressentait la même chose à mon sujet, mais je savais maintenant que ce n'était pas le cas. Ma mère était une femme bien et je sais qu'elle m'aimait autant qu'elle le pouvait, mais elle n'avait certainement pas l'étoffe d'une mère divine.

— As-tu vraiment besoin de prendre ça chez toi ? me demandait-elle maintenant. Je peux t'en obtenir un plus récent. Et meilleur.

Après environ une heure de la même conversation, elle m'avait plus ou moins promis de m'acheter une nouvelle vie pour mon cadeau de crémaillère. Je sais que nos goûts n'étaient pas assortis : ma mère était bien plus sophistiquée que je ne le serais jamais, mais quand même, elle aurait pu arrêter un peu.

L'autre problème que j'avais à ce moment-là était que je voulais désespérément parler de la scène de crime et de ces étranges chats sphinx avec Octo-Chat. Oui, même si ma mère savait que je pouvais lui parler, je trouvais quand même étrange de tenir une telle conversation juste devant elle.

Nos goûts n'étaient pas nos seules différences. Ma mère aimait les faits et les preuves tangibles et sans fioritures. Elle aurait posé un million de questions auxquelles je ne savais pas comment répondre. Par exemple, *comment se fait-il que vous puissiez vous parler ?*

Je ne savais toujours pas pourquoi Octo-Chat et moi avions créé ce lien, ni même vraiment comment il fonctionnait. J'aimerais beaucoup découvrir cela un jour, mais j'étais trop occupée par mon déménagement pour pouvoir rester assise à réfléchir à toutes ces possibilités avec ma mère.

— Tu sais, dit-elle en examinant les assiettes et les bols empilés dans l'un de mes placards de cuisine. Tu vas vivre dans un manoir, maintenant. Beaucoup de tes affaires ne correspondent pas à cette esthétique. Ce sera peut-être dérangeant pour les visiteurs.

— Ça va, maman, dis-je en la poussant de la hanche et en rangeant moi-même le service qu'elle trouvait repoussant.

— Je n'ai pas l'intention d'avoir beaucoup de visites, et je ne suis pas du genre prétentieux. Tu le sais.

Elle fit un pas de côté et ouvrit un autre placard.

— Il y a peut-être un terrain d'entente ici, insista-t-elle. Mamie possède un joli service. Tu pourrais jeter le tien et utiliser le sien à la place. Oh! Ou tu pourrais donner le tien. Tu aimes beaucoup les boutiques solidaires, n'est-ce pas?

— Peut-être, cédai-je pour passer à autre chose.

J'aimais effectivement les magasins de charité, mais je préférais y acheter des choses plutôt que donner mes propres affaires.

Ma mère fronça les sourcils et je serrai une de mes

joyeuses assiettes rouges contre ma poitrine. J'aimais mes assiettes et j'aimais ma vie également. Pourquoi ma mère ne pouvait-elle pas simplement accepter qu'elle et moi ne soyons jamais d'accord dans certains domaines? En quoi était-ce un problème que la plupart des affaires dans ma cuisine viennent d'une boutique où tout était à un dollar? Tout fonctionnait aussi bien que ce que ma mère achetait pour cent fois le prix dans ses boutiques élégantes.

— Oh, ça j'aime bien, dit-elle en jetant un coup d'œil dans le placard suivant et en attrapant une tasse en porcelaine Lenox à motif floral qu'elle examina avec de grands yeux.

— Je ne veux pas qu'elle touche à mes affaires, m'informa Octo-Chat en sautant sur le comptoir.

Il fit ainsi sursauter ma mère à tel point qu'elle laissa tomber la tasse qu'elle admirait.

Nous regardâmes tous les trois ce qui suivit au ralenti, mais c'était déjà regrettablement trop tard. La tasse délicate explosa en morceaux et Octo-Chat poussa un cri perçant.

— Mon récipient à Évian!

Ma mère fit un pas en arrière.

— Je suis vraiment désolée, me dit-elle, et je vis qu'elle était sincère.

Peut-être trouvait-elle toujours quelque chose à

redire sur moi simplement parce qu'elle ne savait pas de quoi me parler, et non pas pour être désagréable. C'était sans doute pour cette raison qu'elle était aussi enthousiaste de partager l'enquête du meurtre de Lou Harlow avec moi.

— Je vais t'en acheter un nouveau jeu, promis, dit-elle en retenant ses larmes.

Je me sentis soudain comme la pire fille au monde. Pourquoi avais-je tant de difficultés à passer plus de quelques minutes consécutives en compagnie de ma mère ? Il fallait que je fasse plus d'efforts.

Bien sûr, je n'avais pas le cœur de lui expliquer que ce service à thé en particulier était irremplaçable. Il avait appartenu à l'ancienne propriétaire d'Octo-Chat, feu Ethel Fulton, et il s'agissait de l'une des rares choses qui lui restaient d'elle. D'accord, nous allions bientôt emménager dans son manoir encore meublé, mais tout de même. Ce service avait été spécial pour Octo-Chat. C'était le seul moyen pour qu'il accepte sa nourriture et son eau. Maintenant qu'il lui manquait une tasse, j'allais devoir augmenter le rythme du lave-vaisselle.

— Écoute, dis-je en essayant d'être aussi douce que possible. Je pense pouvoir gérer le reste, maintenant. Pourquoi n'irais-tu pas voir ce que tu peux découvrir de plus sur le meurtre Harlow ?

Elle se tordit les mains d'angoisse.

— Tu en es sûre ?

Malgré son hésitation, je voyais qu'elle était tout aussi impatiente de partir que j'étais de la voir partir.

Me sentais-je coupable ? *Oui*. Je n'avais sans doute jamais arrêté de me sentir coupable en ce qui concernait ma relation compliquée avec elle et mon père.

Malgré tout, ma mère et moi nous nous étions toujours mieux entendues sur de courtes périodes. J'aimais beaucoup le fait que nous nous soyons rapprochées au cours des dernières semaines, mais nous avions besoin de plus de temps pour mettre en place notre nouvelle relation... et ceci n'était pas la meilleure journée pour le faire, même si cette pensée me paraissait assez dure.

Ça ne pouvait simplement pas être une priorité avec toutes les autres choses que je devais faire.

Je contournai la tasse cassée et je serrai ma mère dans mes bras.

— J'en suis sûre. Je vois que tu as très envie de continuer l'enquête. Tout ira bien ici.

Ma mère poussa un soupir de bonheur.

— *Mmm*, tu me connais si bien, dit-elle avant de vite rassembler ses affaires et de se précipiter vers la porte. Je te tiens au courant par texto. Au revoir !

Et voilà, elle était repartie.

Octo-Chat recommença ses miaulements d'agonie. Même si nous pouvions nous comprendre, il revenait parfois aux bruits de chat classiques — en général dans des moments d'émotion intense — comme maintenant.

— Je suis désolée, lui dis-je en lui caressant prudemment la tête.

J'espérais que cela le réconforte et que ce geste aimable n'ait pas pour conséquence de me faire mordre, mais on ne savait jamais avec Octo-Chat.

— C'est comme si Ethel était morte encore une fois, me dit-il.

Il agita les oreilles avant de les faire retomber à plat contre sa tête. Sa queue se balançait d'avant en arrière comme un métronome. Ses yeux s'élargirent et devinrent si sombres que j'étais certaine qu'il aurait pleuré si c'était physiologiquement possible.

— Je suis vraiment désolée, répétai-je en ne sachant pas trop ce que je pouvais faire d'autre.

Il fixa les petits fragments de porcelaine éparpillés sur le sol de la cuisine. Du blanc, du rose, des bordures dorées, plus que des morceaux brisés de la vie qu'il avait connue autrefois. Super. Maintenant, moi aussi j'avais les larmes qui montaient.

— Je vais chercher le balai, marmonnai-je, ne voulant pas qu'il voie comme j'étais émue pour lui.

Avant que je puisse partir, Octo-Chat sauta devant moi et hurla :

— Non !

Mon pouls monta d'un cran, mon cœur battant follement en me demandant quelle chose insensée mon chat allait faire ensuite.

— Waouh, que se passe-t-il ?

— C'est juste que je ne suis pas encore prêt, m'informa-t-il. J'ai besoin de temps avec ça.

— Avec la tasse cassée ? demandai-je doucement.

Il était devenu plus doué pour détecter le sarcasme et il me punissait quand il l'entendait dans ma voix ou le percevait sur mon visage. Bien sûr, lui pouvait me parler comme il en avait envie, mais moi, je devais lui témoigner le plus grand respect en permanence.

Même dans des moments comme celui-ci.

Octo-Chat renifla et leva le nez comme il le faisait quand il voulait prendre un air supérieur.

— Oui, répondit-il simplement.

— Malheureusement, nous n'avons pas vraiment le temps.

Je gardai un visage serein et compréhensif.

— Les déménageurs seront là dans une heure environ. Et nous ne pouvons pas continuer à contourner ce bazar. C'est dangereux. L'un de nous pourrait se couper sur les éclats pointus.

Il poussa un miaulement éploré avant de se détourner.

— Fais ce que tu dois faire.

Je repris le chemin vers la pelle et le balai, ayant l'impression d'être la pire propriétaire de chat au monde. Ça faisait de moi la pire fille et la pire maîtresse en l'espace d'environ dix minutes. Ma cote n'allait pas monter dans l'immédiat.

Quand je revins, Octo-Chat était toujours figé dans sa posture dramatique. Normalement, son côté théâtral m'ennuyait, mais à ce moment-là, j'étais véritablement désolée pour lui et ce qu'il avait perdu.

— Est-ce que ça t'aiderait si nous disions quelques mots ? suggérai-je.

Le chat malheureux tourna légèrement la tête et me scruta du coin des yeux.

— Comme pour des funérailles ?

— Oui, dis-je en haussant les épaules. Comme pour des funérailles.

Il quitta sa pose et me fit face. Il semblait déjà aller mieux, comme si son cœur avait commencé à se réparer.

— Où allons-nous l'enterrer ? voulut-il savoir.

— Oh. *Euh.*

Je n'avais pas le temps pour ça, mais il semblait sincère et avoir besoin de faire son deuil, alors je suggérai quelque chose qui convenait à tous les deux, espérai-je.

— Nous devrions l'enterrer ce soir, chez Ethel.

Cela me laissait le temps de finir les cartons et avec un peu de chance, tout cet épisode lui pèserait un peu moins.

— Bonne idée, Angela, dit Octo-Chat avec un de ses rares sourires.

Je rayonnai à la lumière de son compliment rare et merveilleux. Il était une diva, c'était certain, mais c'était agréable de le rendre heureux, d'autant plus que la plupart du temps, toutes les petites choses que je faisais le décevaient grandement.

— *Ce soir*, cria-t-il joyeusement. Ça me laisse aussi le temps de travailler sur ce que je vais dire.

Il partit alors en trottinant, me laissant nettoyer le bazar et le préparer pour l'enterrement.

Argh. Même si j'étais contente qu'il se sente mieux, j'avais prévu de lui parler du meurtre de Lou Harlow et des chats étranges qu'elle laissait derrière elle.

Eh bien, ça devait attendre.

Pourquoi ma liste de choses à faire ne faisait-elle

que s'allonger à mesure que je travaillais, aujourd'hui ?

5

Tout le malheur précédent d'Octo-Chat s'évapora dès que nous nous garâmes dans la longue allée sinueuse du manoir Fulton.

— La maison ! cria-t-il en étant même assez courageux pour détacher ses griffes de ma cuisse afin de se redresser et de regarder par la vitre. Oh, c'est si bon d'être rentré à la maison !

Je me garai, j'ouvris ma portière et il sauta immédiatement pour sortir.

— Ma maison ! continua-t-il à crier en se roulant dans l'herbe comme un chat fou.

J'étais sur le point de lui demander de se calmer quand il fila en haut des marches et à travers sa chatière spéciale, qui s'ouvrit au signal de son collier. Depuis tout ce temps, je n'avais jamais remplacé son collier et il ne me l'avait jamais demandé. Il savait sans doute depuis le début que nous allions finir ici un jour. Après tout, c'était lui qui avait tout organisé.

Octo-Chat avait manifestement trouvé un moyen de s'occuper. Pendant ce temps, les déménageurs emballaient toujours des affaires dans ma vieille maison de location, ce qui m'octroyait un peu de temps seule dans ma nouvelle villa.

Une villa ! Et elle m'appartenait !

Ridicule.

D'accord, c'était aussi très cool.

Mon regard monta le long des trois étages jusqu'à la tourelle qui s'élevait à l'extrémité du toit. J'avais déjà décidé de faire ma chambre tout en haut de la tour, comme une étrange princesse contemporaine. Mamie avait réclamé la chambre principale ayant appartenu à Ethel avant sa mort. C'était aussi l'endroit où elle était décédée, et si je n'étais pas à l'aise dans la même maison, je l'étais encore moins dans la même chambre.

Mamie avait simplement ri en disant :

— Oh, ma chérie. La mort fait partie de la vie.

Je supposai qu'à son âge avancé, ça ne la contrariait pas autant que moi. Personnellement, j'espérais ne jamais atteindre un point dans ma vie où j'étais à l'aise en dormant là où un cadavre avait été allongé seulement quelques mois auparavant.

C'était déjà assez bizarre d'emménager dans une maison ayant servi de scène de crime. En fait, je travaillais encore à m'en remettre. J'étais à peu près certaine que ma première facture d'électricité allait me coûter plusieurs centaines de dollars, car j'avais l'intention de dormir avec toutes les lampes allumées jusqu'à ne plus avoir peur de ma propre maison.

Si j'avais eu le choix, je n'aurais jamais pris une demeure aussi grandiose. Mais Octo-Chat avait insisté. Monsieur Fulton — mon ancien patron — semblait heureux de se débarrasser vite de la maison, malgré une perte certaine pour lui et les autres héritiers.

Pendant que je regardais Octo-Chat faire des allers-retours en courant par sa chatière, gémissant de bonheur chaque fois, je dus me rendre à l'évidence que l'endroit lui correspondait. Peu importe qu'il soit un chat de gouttière commun. L'apparence pouvait être trompeuse et son cœur était résolument bourgeois.

Je le laissai s'amuser et j'attrapai un des cartons les plus légers dans le coffre de ma voiture. À l'intérieur, une fine couche de poussière s'accrochait à presque toutes les surfaces. J'aurais sans doute dû tout nettoyer avant d'emménager, mais je n'avais pas vraiment les moyens d'engager quelqu'un. En outre, le déménagement avait eu lieu si soudainement que j'avais à peine eu le temps de faire mes cartons, et encore moins autre chose.

Nous y viendrions. Un jour.

Il me suffisait de l'ajouter au fond de ma liste interminable de choses à faire. Ou peut-être quelque part au milieu.

Mon objectif était au moins de rendre l'endroit vivable avant que Mamie nous rejoigne à la fin du mois. Elle avait besoin de plus de temps pour emballer toute la vie qu'elle avait vécue à Blueberry Bay ainsi que ses souvenirs de son époque à Broadway.

Je comprenais cela, alors je ne lui dis pas à quel point l'idée de dormir dans cet endroit géant toute seule me faisait peur. J'avais Octo-Chat, qui pouvait choisir ou non de me protéger d'un danger potentiel. Une chance sur deux valait toujours mieux qu'aucune aide, si c'était soudain nécessaire.

Le manoir Fulton et le manoir Harlow d'à côté avaient très exactement la même disposition, ce qui était assez perturbant. Même si les demeures avaient été construites bien avant la popularité des villas toutes faites, je supposais que quelqu'un avait tellement apprécié le premier, qu'ils avaient décidé d'en construire un deuxième presque exactement pareil.

Je me trouvai soudain attirée par le grand escalier. Il ressemblait tant à celui d'à côté que je frissonnais chaque fois que je passais devant. J'étais comme un papillon de nuit attiré au milieu de la flamme. *Brûle, bébé, brûle.*

— Qu'est-ce que tu as? demanda mon chat en me dévisageant avec méfiance après son millionième passage par la chatière.

Je haussai les épaules.

— Je suis juste un peu perturbée par le meurtre dans la maison d'à côté.

Il s'arrêta net, ne posant même pas entièrement sa patte avant gauche en me fixant.

— Attends, *quoi*? Quelqu'un a tué cette gentille vieille dame? Quand?

Oh, c'est vrai. Je n'avais pas encore eu l'occasion de lui parler, étant donné l'épisode de la terrasse.

— Ce matin, lui dis-je en l'observant soigneusement pour voir comment il allait réagir. Enfin, sans doute hier soir, à vrai dire.

Il eut un hoquet de surprise et posa sa patte avec force sur le plancher.

— Et tu ne me l'as pas dit?

— Il y a eu tout cette histoire avec la tasse, et je… je suis désolée.

Je m'excusai en sachant que c'était le moyen le plus efficace pour éviter une confrontation. Octo-Chat adorait se disputer et détestait perdre, alors que j'avais constamment le rôle le plus désagréable.

Il secoua la tête, consterné, et me fixa pendant un moment inconfortablement long avant de monter quelques marches et de se placer exactement comme il voulait.

— Vas-y. Dis-le-moi, maintenant, exigea-t-il. J'ai besoin de savoir exactement ce qui est arrivé.

Je me sentis angoissée sous le feu de son regard scrutateur, mais je fis ce qu'il dit. Même s'il était censé être mon animal domestique, j'avais vraiment l'impression que c'était moi que l'on éduquait.

— La sénatrice a été tuée. Quelqu'un l'a poussée en bas des escaliers, expliquai-je.

— Les escaliers ! s'exclama Octo-Chat en levant une patte puis l'autre pendant qu'il fixait la descente.

Je hochai bêtement la tête, incapable de parler.

— Jacques et Jillianne, parvint-il à siffler entre ses dents serrées. Je vais les écorcher vivants, ces bons à rien.

Il descendit rapidement les marches et fut sur le point de filer par la chatière lorsque je l'arrêtai.

— Attends ! criai-je. Tu connais Jacques et Jillianne ?

Je me sentais bête chaque fois que je prononçais leurs noms francisés. Pourquoi les chats avaient-ils besoin de noms aussi compliqués ? Octo-Chat était déjà assez terrible avec ses huit noms, mais au moins, ils étaient en anglais. Une seconde. Était-ce bien vrai ? C'était franchement dur de se le rappeler, d'où son nouveau surnom amélioré... et beaucoup, beaucoup plus court.

Il soupira, mais garda le dos tourné vers moi. Ses toutes petites épaules de chat tombèrent, alourdies par le poids de sa déception en moi.

— Bien sûr que je les connais. Nous étions voisins et — incroyable non ? — nous le sommes à nouveau.

— Êtes-vous amis ? demandai-je avec impatience, le contournant jusqu'à ce que nous soyons une fois de plus face à face.

Il eut l'air d'être sur le point d'éternuer. Il ne le fit pas. À la place, il dit :

— Avec ces tordus ? Certainement pas.

— C'est vrai qu'ils ont l'air un peu différents, mais ce n'est pas une raison pour...

— Ce n'est pas leur apparence, Angela. C'est la façon dont ils parlent.

Il grogna à peu près comme le grand chat chauve l'avait fait ce matin.

Je ne savais pas trop à quel jeu nous jouions, mais je détestais ne pas comprendre. Je secouai la tête et je lui jetai un regard noir.

— Tu ne sembles pas moins raciste, là. Où est-ce spéciste ? Quoi qu'il en soit, ce n'est pas brillant.

Il se contenta de glousser.

— Oh, tu comprendras ce que je veux dire. Attends un peu. Ça ne devrait pas durer très longtemps.

Il monta quelques marches avant de se retourner vers moi, les yeux luisants d'un air que je ne sus pas tout à fait interpréter.

— Au fait, dit-il comme s'il venait soudain de penser à quelque chose. La mort par escalier ? Oui, c'est un coup de chat classique.

— Que veux-tu… ? commençai-je.

Il m'interrompit par un rire diabolique qu'il aimait utiliser quand il souhaitait être particulièrement théâtral. Apparemment, ceci était un de ces moments bénis.

— Je veux dire, dit-il entre deux respirations surexcitées, que Jacques et Jillianne ont tué la sénatrice. Les chats sont coupables. Affaire classée.

Il s'éloigna lentement en riant toujours.

Je fis deux grands pas en arrière, ayant l'impression d'avoir vu ma propre mort. Quoi qu'il se passe, j'allais faire attention et regarder où je marchais sur cet escalier que j'avais précédemment considéré comme la caractéristique suprême de ma nouvelle maison.

Le rire d'Octo-Chat résonna dans les couloirs. Pourquoi était-ce si drôle pour lui? Pourquoi riait-il encore, et pour ça?

Apparemment, ma mère et lui partageaient la même fascination morbide pour la mort de la sénatrice. Dommage qu'ils s'adressent tous deux à moi, et non pas l'un à l'autre.

Il est comme ça, me rappelai-je. *Il aime être au centre de l'attention. Il ne te ferait jamais vraiment du mal.*

Mais je pensai alors à toutes ces vieilles dames aux chats qui mourraient en ville pour ensuite être dévorées par les animaux qu'elles aimaient et je frissonnai encore…

Enfin, je savais au moins qu'Octo-Chat ne mangeait que du Gourmet.

6

ême si je devais monter des affaires à l'étage, je décidai de me contenter du rez-de-chaussée de la maison pendant que les déménageurs ramenaient toutes mes possessions les plus lourdes par la porte d'entrée. J'avais besoin d'un peu plus de temps pour accepter ce qu'Octo-Chat avait révélé sur les homicides de félins contre humains et leur méthode préférée.

Et moi qui n'avais même pas su qu'une telle horreur existait. *Que je suis bête.*

En réalité, je n'avais pas ramené beaucoup de choses de mon ancienne maison, alors les premiers cartons que je déballai avancèrent vite. Comme je me sentais toujours mal à l'aise chaque fois que je passais devant l'escalier, je décidai de sortir et de faire un tour de la propriété.

De magnifiques massifs de fleurs très bien entretenus entouraient la maison sur trois côtés et l'arrière s'ouvrait sur une magnifique terrasse à deux niveaux, avec un brasero et deux balancelles identiques. Plus loin, une épaisse forêt entourait la propriété, lui donnant toute l'intimité nécessaire et même plus.

D'accord, la moitié de ma semaine allait maintenant sans doute être passée à l'entretien du jardin, mais même moi, je devais admettre que c'était du temps bien investi.

Un grondement sourd au loin ainsi qu'un éclair rouge entre les arbres attira mon regard, et je marchai péniblement à travers l'herbe pour aller voir. Apparemment, si j'inclinais la tête exactement comme il fallait, je pouvais voir directement dans le jardin de la sénatrice. Une voiture de sport rouge écarlate venait de se garer dans l'allée et je la reconnus immédiatement. Après tout, il n'y avait que deux voitures de sport élégantes et rouges dans tout Glendale : Mamie en conduisait une et Thompson possédait l'autre.

Je regardai avec horreur mon patron, l'associé principal de notre cabinet d'avocats, monsieur Richard Thompson, sortir de sa voiture et monter les marches jusqu'à la maison. Il était anormalement dépourvu de l'attaché-case qui était d'habitude greffé sur lui comme une extension de son bras gauche. Il semblait nerveux en relâchant sa cravate et en regardant autour de lui pour voir s'il y avait quelqu'un. La police était plus ou moins partie, ou bien ils s'étaient rassemblés ailleurs. Et Dieu merci, il ne pensa pas à me chercher de l'autre côté de la forêt.

Je restai enracinée sur place quand l'officier Bouchard sortit de la maison et s'avança pour saluer monsieur Thompson. Son badge réfléchissait la lumière du soleil comme une pièce neuve de dix centimes.

— Richard, puis-je vous aider ?

J'étirai le cou pour essayer d'apercevoir l'expression de monsieur Thompson, mais une branche basse me bloquait la vue.

— J'ai appris la nouvelle, dit Thompson.

Sa voix grave s'entendait à travers la forêt.

— Je me suis dit que j'allais passer pour un dernier hommage.

Bouchard descendit les marches au petit trot et fit signe à l'autre homme de le suivre.

— Je suis sûr que je n'ai pas besoin d'expliquer que ce n'est ni le moment approprié ni l'endroit.

— Je sais, acquiesça mon patron.

Il ne semblait pas savoir quoi faire de ses mains.

— C'est juste que c'était si… si inattendu.

Le policier soupira et leva le bras pour passer la main dans ses cheveux.

— Oui, nous sommes tous assez choqués. Mais ça ne change rien au règlement.

Ils échangèrent quelques mots à voix basse qui se perdirent avant d'atteindre mes oreilles, puis monsieur Thompson remonta dans sa voiture et partit.

— C'était quoi, ça? demanda Octo-Chat en choisissant ce moment précis pour se frotter contre ma jambe et me donner la peur de ma vie.

— Je ne sais pas du tout, lui dis-je franchement, toujours très méfiante parce qu'à la fois mon cabinet et moi nous étions systématiquement mêlés à chaque meurtre qui se produisait en ville.

D'accord, il n'y avait pas eu de meurtres avant Ethel Fulton, ou en tout cas, je n'étais pas au courant.

— J'espère que les prochains habitants n'auront pas d'animaux domestiques, m'informa-t-il en bâillant d'ennui pendant que nous regardions entre les arbres d'un air absent.

Cela me surprit suffisamment pour lui jeter un

coup d'œil. Ce n'était pas comme s'il se passait autre chose au manoir Harlow. Même l'officier Bouchard avait disparu.

— Tu n'aimes pas les autres chats? lui demandai-je.

— Sur *mon* territoire?

Il fit un *pchhh* sarcastique.

— Je préfère ne pas partager, si on me laisse le choix. Ceci est mon terrain. Ce sont mes arbres pour grimper, et dans leurs branches? Ce sont mes oiseaux à dévorer... ou en tout cas, à déposer au pied de ton lit quand tu as été une gentille humaine.

Je frissonnai en me souvenant de son cadeau le plus récent.

— Dans ce cas, je vais devoir faire en sorte de ne pas être une gentille humaine.

Il mordilla les brins d'herbe entre ses pattes, avala quelques bouchées, puis ricana.

— Juste pour ça, mon vomi sera vert, maintenant.

— Euh, d'accord, dis-je en haussant les épaules.

Franchement, ses punitions étaient rarement pires que ses récompenses, et celle-ci me semblait particulièrement modérée.

— Ça perturbera toute ta journée, expliqua-t-il avec un sourire satisfait.

Son rire devint sinistre et je savais qu'il était passé en mode génie diabolique. Le seul problème avec ça, c'était que nos définitions du mot *génie* étaient très différentes.

Quand il s'arrêta de rire, il inspira profondément et leva la tête vers moi.

— Tu ne comprends pas, n'est-ce pas? dit-il avec un grognement frustré.

Je secouai la tête, juste au moment où l'officier Bouchard apparut devant la demeure Harlow. Pourquoi était-il là? Que faisait-il?

— Il te faudra nettoyer le vomi vert, expliqua mon chat entre des éclats de rire qui semblaient perdre leur énergie. Normalement, tu commences ta journée en nettoyant du vomi marron. Tu vois? Tout sera différent dès le début de ta journée. Tu ne pourras pas le supporter!

— Tu m'as eue, dis-je avec un soupir résigné.

Il valait mieux pour nous deux qu'il pense avoir trouvé un nouveau moyen de me punir. Il prenait un tel plaisir à essayer de nouvelles techniques pour m'éduquer que je n'avais pas le cœur de rectifier ses idées sur ce qui fonctionnait ou pas dans la discipline des humains.

— Ça va mieux maintenant? demandai-je en me retournant vers lui pour l'examiner avec un sourire sceptique.

— Pour l'instant, répondit-il. Mais attends demain matin !

— D'accord, super.

Je regardai la silhouette immobile de l'officier Bouchard et ma curiosité grandit. Qui pouvait bien tuer une sénatrice nommée quatre fois quand ses électeurs l'aimaient tant ? Pourquoi la police trouvait-elle nécessaire de monter la garde devant la scène de crime ? Et quel était le rapport, s'il y en avait un, avec ces chats chauves et bizarres ?

— Hé, es-tu occupé maintenant ? demandai-je à mon chat quand je compris qu'il pouvait sans doute se faufiler dans les bois pour aller voir de plus près.

Il se contenta de lever le nez et de répondre :

— Oui.

Puis il se retourna avec la queue bien levée, me montrant inutilement son derrière de chat.

— Eh bien, merci pour ça, criai-je.

Avec un dernier coup d'œil à travers les arbres, je décidai de laisser tomber. Pour l'instant, du moins. Les policiers avaient peut-être déjà identifié le coupable et c'était pour cela qu'ils surveillaient les lieux. Même si j'avais maintenant un titre officiel après l'annonce impromptue de ma mère ce matin, je n'avais pas encore d'expérience et j'étais nouvelle dans ce travail.

Les policiers étaient les experts et je devais leur faire confiance pour travailler correctement. Cependant, même en pensant cela, je savais que je n'allais pas tarder à me faufiler à travers les arbres pour enquêter personnellement sur la scène de crime.

7

Quand les déménageurs partirent, la nuit tomba vite. Non seulement ils m'avaient aidée à déménager mes maigres possessions, mais ils étaient également restés pour réorganiser les meubles existants dans le manoir et pour charger certaines des pièces inutiles afin de les déposer vite fait à la boutique caritative locale.

Enfin, peut-être pas si vite que ça, étant donné qu'ils avaient fini par retirer plus que ce qu'ils avaient fait entrer dans la demeure. Mais je n'avais pas l'intention de garder le lit dans lequel Ethel était morte, ni quoi que ce soit dans sa chambre, d'ailleurs. Je me moquais de savoir que Mamie n'avait aucun problème à réadapter le mobilier à son propre usage. Ça me fichait la trouille et je refusais de les garder dans ma maison. C'était déjà assez terrible qu'Octo-Chat refuse totalement de se séparer du mobilier de la salle à manger qui avait accueilli le dîner empoisonné. Je n'avais pas besoin d'en rajouter avec ma grand-mère qui dormait dans le lit de mort de l'autre vieille dame.

— Je suis content qu'ils soient enfin partis, dit Octo-Chat en posant les pattes avant sur le rebord de la fenêtre pour regarder le camion de déménagement s'en aller. Ils sentaient mauvais, ils empestaient l'odeur corporelle humaine. *Beurk*.

Je levai les yeux au ciel, mais il fut heureusement trop distrait pour le remarquer.

— C'est sans doute parce qu'ils ont bougé des choses lourdes pour nous pendant la majeure partie de l'après-midi.

— Ça reste dégoûtant. J'ai un appareil olfactif très délicat ici, dit-il en agitant le nez.

Eh bien, je ne pouvais pas vraiment le contredire là-dessus.

— Est-ce que ça va ? demandai-je en espérant qu'il soit indulgent, même si je m'attendais à moitié à ce qu'il m'oblige à déplacer ses affaires d'un endroit à l'autre toute la nuit jusqu'à trouver la bonne disposition.

— Ça va, répondit-il.

Sa complaisance me fit un choc terrible. Est-ce

que vivre ici allait être comme de vivre avec un chat différent et moins exigeant ? Je pouvais l'espérer.

— Je suis prêt pour les funérailles quand tu veux, dit-il en laissant tomber son derrière sur le tapis oriental usé et en me fixant avec de grands yeux inquisiteurs.

La tasse… ah oui.

— D'accord, je vais aller chercher le carton, dis-je en essayant de me souvenir si je l'avais laissé dans la voiture ou rangé quelque part dans la cuisine.

Octo-Chat courut devant moi et me bloqua le passage.

— J'ai dit, quand tu es prête.

— Je suis prête. Nous pouvons le faire maintenant.

Ooh, c'était si mignon qu'il tienne compte de mes besoins, pour changer. La perte de sa tasse le poussait peut-être à reconnaître la valeur des amis qui lui restaient. Nous avions peut-être vraiment atteint un tournant de notre relation.

Il secoua la tête et adopta un ton condescendant.

— Non, Angela. Tu ne l'es *pas*. Je ne voulais rien dire parce que je supposais que tu le savais déjà, mais…

Il marqua une pause pour inspirer d'un air théâtral.

— Toi aussi, tu as une odeur corporelle humaine.

… Ou peut-être que rien n'avait changé du tout.

Je posai une main sur chaque manche et je le fixai.

— Et alors ? Tu veux que j'aille me doucher d'abord ?

— Ce n'est pas ce que je veux, rectifia-t-il en étudiant sa patte d'un air nonchalant. C'est ce que j'exige.

J'avais terriblement envie de laisser tomber toute cette histoire de funérailles pour une tasse, mais à la place, je tournai les talons et je me rendis à la salle de bains. Bon sang, il m'avait vraiment bien éduquée.

J'étais irritée que mon chat me dicte quoi faire, mais l'eau chaude apaisa mes muscles endoloris et je me sentis mieux en enfilant mon jean préféré et en rejoignant Octo-Chat au rez-de-chaussée.

— Je suis prête ! dis-je en partant une fois de plus chercher la tasse.

Sa silhouette poilue apparut en haut des escaliers, me faisant encore sursauter.

— Non, dit-il simplement. Ça n'ira pas.

— Qu'est-ce qui ne va pas maintenant ? demandai-je en tapant impatiemment du pied.

C'était une partie du langage corporel qu'il

comprenait très bien, parce qu'il faisait souvent pareil en agitant la queue.

— N'est-il pas habituel pour les humains de porter du noir quand ils vont à un enterrement?

Il pencha la tête sur le côté, comme si ça lui faisait de la peine de devoir m'expliquer un concept aussi simple. Après tout, j'étais censée être l'experte des humains.

— Oui, mais…

Il leva une patte pour me faire taire.

— C'est bien ce que je pensais. Alors, vite, vite.

Je soupirai, mais je partis quand même chercher la robe que j'avais portée à l'enterrement d'Ethel quelques mois auparavant. Maintenant, mon irritation était telle que le chat avait de la chance de ne pas se rendre à son propre enterrement.

Il est en deuil. Il est en deuil, me rappelai-je encore et encore. Mais en réalité, il était capable de passer la meilleure journée de sa vie et néanmoins me traiter de cette façon. La plupart des gens avaient bien l'impression que les chats étaient prétentieux et se croyaient tout permis, mais ils ne savaient pas à quel point, parce qu'ils étaient incapables de tenir une conversation avec leurs chefs suprêmes félins chéris. Cependant, malgré toutes ses plaintes Octo-Chat me pardonnait la plupart de mes défauts, alors je faisais de mon mieux pour supporter les siens.

Quand je redescendis les escaliers, je me tins fermement à la rampe au cas où le chat était aussi irrité que moi.

Octo-Chat me fit un ronronnement d'approbation en voyant ma longue robe noire et mes cheveux brossés en arrière.

— Enfin. Maintenant, viens.

Il trottina vers sa chatière électronique et attendit que je le rejoigne sur la terrasse. Une fois dehors, j'attrapai le petit cercueil improvisé — qui avait autrefois été le carton d'une paire de tongs que j'avais achetées au magasin de chaussures bon marché — de la boîte à gants de ma voiture et je le suivis sur le côté de la maison.

Il s'arrêta au bout du mur de soutènement sur lequel débordaient de magnifiques azalées roses.

— J'ai choisi cet endroit, m'informa le chat, parce que ces fleurs me rappellent les petites fleurs ornant notre chère tasse disparue.

Quand je scrutai les fleurs et les restes de la vaisselle Lennox dans ma main, je vis qu'il avait entièrement raison. C'était vraiment assez adorable qu'il soit aussi attentionné. Je me demandai s'il allait être aussi subtil en planifiant mes adieux s'il vivait plus longtemps que moi. C'était une pensée morbide, effective-ment, mais avec tous les meurtres autour d'ici dernièrement, elle était valable.

— Dois-je aller chercher une pelle? demandai-je quand il n'essaya pas de creuser la terre molle.

— Ça vaudrait mieux, Angela.

Il pencha la tête avec révérence. Était-il en train de prier? Si c'était le cas, à quelle divinité s'adres-saient les chats? Avait-il le même Dieu que moi? Et comment envoyait-on un objet sans âme dans l'au-delà? J'avais tant de questions alors que franchement, j'avais toujours simplement supposé que mon chat se vénérait lui-même et s'attendait à ce que je rejoigne son étrange religion.

Je le laissai faire... *ce qu'il faisait*. J'avais le temps de poser des questions plus tard. Maintenant, je devais respecter un étrange rituel que je ne compre-nais pas tout à fait, mais j'en savais assez pour voir qu'il revêtait une importance vitale pour lui.

Heureusement, il ne me fallut pas longtemps pour trouver une petite pelle parmi les outils de la cabane de jardin d'Ethel. Quand je revins en trottinant vers la scène de notre enterrement, je me demandai si Ethel s'était occupée elle-même du jardinage ou si elle avait toujours engagé quelqu'un. Je me demandai aussi combien de temps il allait me falloir pour apprendre les soins particuliers à apporter à chacune des nombreuses essences de plantes ornant la propriété. J'espérais ne pas mettre si longtemps que j'en tuais quelques-unes par incompétence. Je ne voulais vraiment pas avoir d'autres funérailles pour des objets inanimés. D'accord, techniquement les plantes étaient vivantes, mais je ne pensais quand même pas qu'elles méritaient des funérailles en leur honneur. Évidemment, la tasse était un cas spécial. Et j'espérais que c'était aussi une évidence pour mon chat.

En revenant vers lui, je m'agenouillai et je commençai à creuser à l'endroit indiqué par Octo-Chat. Pendant ce temps, il me regarda faire et commença une longue oraison funèbre sur la vie de son amie la tasse.

— Elle me donnait toujours de l'eau quand j'avais soif, gémit-il.

Je décidai de ne pas préciser que c'était parce qu'il refusait de boire dans un autre récipient.

— Et contrairement à sa sœur, poursuivit Octo-Chat, elle n'a jamais été contaminée en laissant entrer une mouche dans mon Évian.

Sa voix trembla lorsqu'il poursuivit :

— Oh non, monsieur. Elle gardait l'eau dedans et les mouches dehors, comme devrait le faire une bonne tasse. Tu vas me manquer, tasse. Le petit-déjeuner ne sera pas le même sans toi. Mon dîner non plus.

Je luttai pour garder un visage sérieux, et Dieu merci, parce qu'il se tourna vers moi d'un air grave et dit :

— Maintenant, c'est à ton tour de dire quelques mots.

Eh bien, mince. Pourquoi n'avais-je rien préparé ? J'aurais dû le voir arriver. Perdue, je dis la première chose qui me vint à l'esprit en espérant qu'elle lui fasse plaisir.

— C'était une bonne tasse. Jolie. Elle était assortie au reste du service.

— C'est vrai ! C'est vrai ! cria Octo-Chat et quand il redevint silencieux, j'entendis un gros bruit de l'autre côté des bois.

— C'était quoi ? chuchotai-je à mon chat tigré.

Il se leva lentement, regardant la tombe ouverte que j'avais creusée pour la tasse et son cercueil.

— As-tu entendu ce bruit ? répétai-je, plus fébrilement cette fois.

Et si le meurtrier était revenu ? Et s'il venait pour nous et que nous étions simplement assis à l'air libre, sans bouger, sans même regarder ?

Mes paumes se mirent à transpirer. Heureusement que je ne tenais plus la tasse, sinon je l'aurais laissée tomber en la tuant une deuxième fois.

Octo-Chat garda les yeux baissés, toujours sérieux, toujours solennel, complètement indifférent à ma peur.

— Je pense que nous avons à peu près fini ici, dit-il tristement. Angela, peux-tu s'il te plaît remettre la terre ?

Je hochai la tête et je poussai soigneusement la terre autour de la boîte à chaussures pendant qu'Octo-Chat chantait une chanson larmoyante sans mots, seulement constituée de miaulements. Elle aurait été belle, si je n'avais pas été inquiète qu'elle conduise le tueur directement jusqu'à nous. Heureusement, il ferma les yeux en chantant, ce qui me permit de regarder par-dessus mon épaule et de garder un œil sur les bois.

Il fallut environ cinq minutes pour terminer la chanson sans paroles. Notre étrange rituel maintenant terminé selon son apparente satisfaction, il pencha une fois de plus la tête et dit :

— Bon, il est temps de jouer au détective.

Puis il courut tête baissée dans les bois.

8

J'arrivais à peine à le suivre pendant qu'Octo-Chat traversait la forêt dense à toute vitesse. Des branches me frappaient le torse pendant que je m'enfonçais de plus en plus loin. Les bois qui reliaient nos deux propriétés ne faisaient pas plus de quinze mètres de large, mais sans aucun sentier pour me guider, j'avais l'impression que c'était plus profond et plus sombre qu'à la lumière de l'après-midi.

Même en avançant prudemment, je parvins à m'accrocher le pied à une racine noueuse, ce qui m'envoya valser à plat ventre dans la terre. Bien sûr, j'avais bêtement porté des chaussures ouvertes pour l'enterrement de la tasse, aussi l'expérience fut-elle particulièrement douloureuse quand je me cognai l'orteil.

Je gémis et je roulai sur le côté en serrant mes pauvres orteils blessés et en scrutant l'obscurité à la recherche d'Octo-Chat. Il était sans doute déjà au manoir Harlow maintenant, ce qui voulait dire que j'étais seule dans la forêt lugubre, avec une blessure qui allait m'empêcher de fuir vite si les problèmes venaient à moi.

Un craquement inquiétant se fit entendre à quelques mètres pendant que quelque chose avançait lentement et d'un pas déterminé vers moi, sur le lit de feuilles sèches étalées sur le sol de la forêt comme un épais tapis.

S'il te plaît, ne sois pas un loup. S'il te plaît, ne sois pas un loup, suppliai-je intérieurement. Les loups étaient-ils assez courageux pour s'approcher d'une zone résidentielle? Je ne le savais pas du tout, mais la forêt qui reliait nos maisons s'étirait partout dans ce quartier chic. Il était totalement possible que quelques animaux logent près de là et qu'ils me voient maintenant comme un petit en-cas facile après le dîner.

— Bonjour? criai-je dans l'obscurité, parce que c'était plus terrifiant de rester silencieuse.

L'officier Bouchard tenait peut-être la garde au

manoir Harlow et il allait venir en courant dans la forêt pour me sauver. Avec un peu de chance, il serait au moins légèrement plus prudent que moi.

Le craquement des feuilles s'arrêta, me laissant seul avec le sifflement étrange du vent dans les arbres. Bon, je n'allais jamais revenir ici la nuit. Non, je n'allais pas le faire, même si quelque chose piquait ma curiosité.

Et ce soir semblait un bon moment pour commencer ma règle de « l'interdiction des bois la nuit », dès que je pouvais sortir d'ici.

Je passai sur le dos et je parvins à m'asseoir. J'avais mal partout, et j'allais vraiment avoir besoin d'une autre douche. Heureusement, je n'avais apparemment rien de cassé, alors j'enfonçai mes mains déjà sales un peu plus loin dans la terre et je me relevai. Mon pied blessé avait du mal à supporter mon poids, alors je boitai comme un zombie, avançant très lentement à travers les bois.

Je n'avais même pas fait un mètre quand les craquements recommencèrent.

Je voulais courir, mais je savais qu'en essayant d'aller plus vite avec ma blessure, j'allais seulement m'étaler une fois de plus. J'avançai donc laborieusement avec un animal inconnu à ma poursuite. J'avais atteint la moitié du chemin entre la maison de la sénatrice et la mienne quand j'entendis Octo-Chat crier :

— Oh, si vous cherchez les problèmes, vous allez les trouver, c'est sûr !

— Octo-Chat ? criai-je en me retournant pour chercher son petit corps rayé parmi les arbres.

Je n'avais encore jamais été si heureuse d'entendre sa petite voix exigeante de toute ma vie.

Malheureusement, ce n'était pas lui que je trouvai devant moi, maintenant. À la place, deux paires d'yeux vert-jaune apparurent soudain, s'approchant de plus en plus jusqu'à ce que nous ne soyons plus qu'à un mètre ou deux les uns des autres. Les taches blanches sur le chat le plus petit le rendaient plus facile à distinguer, mais le grand sphinx noir resta caché dans les ombres, en dehors de ses grands yeux luisants.

Octo-Chat émergea des branches entremêlées de la forêt quelques secondes plus tard et me dévisagea de la tête aux pieds.

— Que t'est-il arrivé ?

— Je suis tombée, dis-je simplement, ne souhaitant pas quitter nos deux étranges visiteurs du regard.

D'un autre côté, je supposais que ces bois leur appartenaient autant qu'à nous.

— Ils t'ont fait trébucher ?

Il se plaça entre les autres chats et moi et grogna. Je me sentis légèrement plus en sécurité et beaucoup plus aimée.

— Je ne crois pas, dis-je un scrutant le sol à la recherche de la racine sournoise qui m'avait fait tomber, mais je ne trouvai rien dans l'obscurité grandissante.

— Eh bien, ça ne m'aurait pas étonné de leur part, marmonna-t-il.

Le plus grand sphinx s'avança et poussa une série de hurlements graves.

— Oh, bon sang, il recommence, siffla mon chat en guise de réponse.

— Qu'a-t-il dit? demandai-je en boitant jusqu'à l'arbre le plus proche et en posant la main sur son tronc pour ne pas rester coincée sur un seul pied pendant tout cet échange.

Même s'il avait détesté travailler avec le Yorkshire traumatisé lors de notre dernière affaire, il semblait encore plus fâché de devoir parler aux sphinx. Octo-Chat inspira profondément avant de traduire.

— Il a dit « *ne conservez que la première partie de ce malentendu théâtral.* »

Eh bien, je ne m'attendais pas à ça.

— Euh, quoi? demandai-je en déplaçant mon poids pour me reposer encore plus sur l'arbre.

— Pas quoi, rectifia Octo-Chat en poussant un gros soupir. *Qui* ?

— Hein ?

Je levai ma main libre pour me gratter la tête, complètement perplexe, maintenant.

Il soupira encore.

— Tu te souviens que je t'ai dit que je n'aime pas leur espèce ? Voilà pourquoi. Ce n'est pas parce qu'ils ont l'air bizarres. C'est parce qu'ils parlent bizarrement. Tout ce qu'ils disent sort comme une énigme. C'est pour ça qu'on les appelle les sphinx. Tu comprends, maintenant ?

— Tu veux dire, comme la créature mythique qui gardait le secret des dieux ?

Je trouvais à la fois fou et fascinant qu'une vieille histoire dont je me souvenais à peine ait une véritable incidence sur notre monde moderne.

— Oh, ce n'était pas aussi généreux que ça, dit Octo-Chat en parlant comme s'il avait personnellement connu le sphinx de la mythologie grecque. C'était un démon désagréable, qui tourmentait tout le monde juste parce qu'il en était capable.

Il cracha en direction des deux visiteurs chauves et hérissa les poils de son dos d'un air menaçant.

— Waouh, dis-je tout doucement.

Octo-Chat se tourna vers moi, maintenant encore plus énervé qu'avant.

— Maintenant, tu comprends pourquoi je n'étais pas très enthousiaste à l'idée de bavarder avec eux. La grande est Jillianne, au fait, et le petit, c'est Jacques.

— Je sais que tu es un peu mal à l'aise maintenant, dis-je pour l'apaiser.

J'avais bien vu que les trois chats avaient quatre jambes solides et que je n'en avais qu'une. Malgré sa frustration, Octo-Chat était au moins resté à mes côtés.

— Mais nous aurions vraiment besoin de leur aide, poursuivis-je. Peux-tu s'il te plaît simplement leur dire que je suis leur nouvelle voisine et que je suis ravie de les rencontrer ?

— Tu es au courant que l'ancien sphinx aimait aussi tuer les gens ?

Octo-Chat se lécha la pâte en parlant, peut-être parce qu'il n'aimait pas être assis dans la forêt sale, ou peut-être pour se vanter d'avoir un pelage contrairement à nos deux interlocuteurs.

Après un nouvel échange, il m'informa :

— Ils disent, et je cite : « *Que ce soit inscrit sur papier, paillasson ou assiette de porcelaine, voici notre salut, des chats à l'humaine.* »

— Ha, ils me souhaitent la bienvenue ! criai-je en

m'amusant maintenant bien plus que mon pauvre chat éprouvé. Comment font-ils pour les inventer si vite? Ce doivent être des génies.

Octo-Chat grogna. Une fois de plus, nos définitions semblaient très différentes.

— Je ne suis pas obligé de rester subir ça, tu sais. Si tu veux mon aide, tu éviteras d'encourager leur comportement insupportable.

Il me semblait que les deux chats parlaient *toujours* ainsi selon lui, mais si je lui faisais la remarque maintenant, il allait simplement rentrer à la maison et j'avais encore beaucoup de choses à découvrir sur nos deux petites merveilles.

— Peux-tu leur demander s'ils savent qui a tué leur propriétaire, s'il te plaît? demandai-je à la place.

Octo-Chat garda les yeux fermement rivés sur moi, il me défiait.

— Ça commence à devenir usant, alors je te suggère de réfléchir soigneusement à chaque question, parce que je n'ai pas l'intention de faire ça toute la soirée, avertit-il.

— Très bien, très bien, grommelai-je. Maintenant, raconte-moi ce qu'ils ont dit?

Il plaqua les oreilles contre sa tête et la secoua.

— Oui, ça t'amuse beaucoup trop, mais je te dis tout de suite que nous n'allons *pas* les adopter.

J'étais sur le point de crier contre Octo-Chat quand il déclama l'énigme suivante d'un ton monocorde et plein d'ennui.

— *« Ce que nous disons pour confirmer, lors d'une question fermée. »*

— *Oui !* criai-je avec joie. Ça veut dire oui, n'est-ce pas ? Ils savent !

Cette affaire pouvait très bien être résolue en un clin d'œil, puisque nous avions deux témoins clés ici qui étaient d'accord pour nous parler.

Octo-Chat laissa échapper un grognement terrible, puis il se retourna et disparut entre les branches d'arbres.

— Hé, attends ! criai-je en essayant de le suivre.

J'espérais que les sphinx allaient m'emboîter le pas. J'avais terriblement envie de leur poser la question suivante : c'était peut-être la seule dont nous avions besoin pour trouver le meurtrier. Bizarrement, ma question allait être la même que la réponse à leur première énigme : *Qui ?* C'est-à-dire, qui a tué la sénatrice ? Pourquoi Octo-Chat ne comprenait-il pas ?

— Ils savent qui a tué la sénatrice, criai-je dans la direction où il était parti. Maintenant il te suffit de poser une question de plus et nous aurons résolu cette affaire en un temps record !

Je ne le voyais nulle part. Était-il vraiment parti

en m'abandonnant? Et moi qui commençais à croire qu'il s'intéressait à nos enquêtes. Eh bien, nous étions deux à pouvoir jouer au jeu de la punition, et je pensais avoir beaucoup plus de facilité à l'irriter qu'il n'en avait de m'ennuyer.

— Oh, Octo-Chat! criai-je dans une dernière tentative pour l'attirer en restant aimable. Où es-tu?

Rien. Même le vent avait arrêté de siffler dans les arbres.

Eh bien, c'était merveilleux. Il était parti en courant et m'avait laissée blessée et seule dans une forêt effrayante. Sauf si...

Je me retournai pour chercher les sphinx derrière moi, mais à la place je heurtai un grand torse rond. Un torse humain.

Je ne pris même pas la peine de regarder son visage en pivotant et en essayant de courir. Que mon pied soit douloureux ou pas, il fallait que je retourne dans la sécurité relative de ma maison. Il fallait que je sorte tout de suite de ces bois sombres. Il se pouvait bien que ma vie en dépende.

Je n'avais fait qu'un seul pas lorsqu'il saisit mes bras et me tira à nouveau contre lui.

— Hé, que fais...? criai-je en luttant pour me dégager.

Il leva une main poisseuse et la posa sur ma

bouche avant que je puisse terminer mon appel à l'aide.

Bon, c'était fini. C'était ainsi que j'allais mourir... pas dans les escaliers, mais perdu dans les bois à quelques mètres seulement de ma nouvelle maison grandiose.

Ceci ne s'avérait pas être une très bonne journée pour déménager.

Pas du tout.

9

Et voilà. Fuite ou combat. Les deux, de préférence.

J'avais déjà été détenue par une meurtrière. J'avais été balancée sur le quai et laissée pour morte. Je pouvais survivre à ça. En faisant appel à toutes mes forces, je mordis la paume charnue qui couvrait ma bouche.

Oui ! Cela fonctionna.

Mon assaillant poussa un cri de douleur. Il s'écarta immédiatement en serrant sa main blessée contre lui.

— Ouille ! Pourquoi avez-vous fait ça ?

Sa voix était un peu aiguë pour un homme… et nasale également.

— Hé, c'est vous qui m'avez attaqué ! rectifié-je en

examinant son visage écarlate et son pantalon de pyjama en flanelle rouge assorti. Il était bien moins effrayant maintenant que je l'avais bien vu, mais ça ne changeait rien au fait qu'il pouvait facilement me maîtriser avec sa taille et sa force.

— Qui êtes-vous? demandai-je. Que faites-vous dans mon bois?

Il n'était pas obligé de savoir que j'avais seulement emménagé l'après-midi même. En fait, j'étais sûrement plus en sécurité s'il l'ignorait.

Il eut au moins la décence de sembler gêné. En serrant toujours sa main blessée, il se précipita pour essayer de s'expliquer.

— J'ai entendu parler, alors je suis sorti voir ce qu'il se passait, et puis vous avez foncé sur moi.

Je poussai un soupir de dédain et je croisai les bras. Ça devait être agréable d'être un homme, de pouvoir se promener dans les bois sombres sans autre inquiétude pour sa sécurité qu'un éventuel tueur en série avec une tronçonneuse. D'un autre côté, je fonçais souvent tête baissée dans des situations dangereuses avec rien de plus que mon chat caractériel pour me défendre. Je supposai que je ne pouvais donc pas vraiment le juger trop durement.

— Ça ne me dit toujours pas qui vous êtes.

— Je suis Matt Harlow, dit-il en me tendant la main qui n'était pas blessée pour me saluer.

— J'ai mordu la première. Voulez-vous vraiment me faire confiance avec la deuxième ? demandai-je en écarquillant les yeux d'un air de défi comme mon chat le faisait très souvent.

Je n'étais pas en sécurité tant que j'étais dans cette forêt. J'avais un trop gros désavantage dans l'obscurité avec un homme bien plus grand devant moi et une blessure qui me ralentissait.

Matt eut un mouvement de recul et il rit nerveusement. Au moins, il était effrayé, lui aussi.

— C'est vrai. Alors vous allez bien, n'est-ce pas ?

— Je vais bien, dis-je alors que la pulsation dans mes orteils augmentait.

— C'est tout ce que j'ai besoin de savoir.

Il leva le bras pour me saluer, puis il repartit dans la direction d'où il venait.

— Passez une bonne soirée.

Je le regardai partir jusqu'à ce qu'il soit hors de vue, puis je continuai mon trajet jusqu'à la maison. C'était donc Matt Harlow, le parent proche de la sénatrice. Si nous nous étions rencontrés dans des constantes différentes, j'aurais pu lui tirer les vers du nez, voir ce qu'il savait. Là, je préférais attendre la lumière du jour et être à un endroit qui capte avec mon téléphone portable avant de l'accuser de meurtre.

D'accord, il semblait assez gentil : grand, rondelet, un peu comme un ours en peluche, mais son réflexe en me rencontrant avait été de m'attraper et de couvrir ma bouche. C'était bien plus inquiétant que ces chats sans poils farcis d'énigmes.

— Je suis rentrée, criai-je quand je passai la porte d'un pas lourd.

Je ne savais pas vraiment pourquoi je prenais la peine d'annoncer mon arrivée alors que mon colocataire félin ne s'inquiétait pas tellement pour ma sécurité.

Octo-Chat eut l'intelligence de rester caché. Autrement, je lui aurais fait un discours sévère parce qu'il m'avait abandonnée dans les bois juste au moment où les sphinx étaient sur le point de révéler un élément crucial de notre enquête. Eh bien, s'il voulait se cacher, il pouvait aller se coucher sans dîner.

Je traversai la maison en tapant des pieds pour qu'il comprenne que j'étais très en colère contre lui. À mon troisième passage du rez-de-chaussée, je m'arrêtai à la cuisine pour verser une portion de Gourmet dans le bol d'Octo-Chat. Même si je voulais lui apprendre une leçon, je n'avais pas envie de supporter toute une nuit de miaulements.

Je me vengeai cependant, parce que je lui servis le goût qu'il aimait le moins : le poulet que nous avions seulement parce qu'il faisait partie d'un lot que j'achetais au supermarché local. En général, j'en accumulais plusieurs douzaines, puis je les déposais sous forme de dons au refuge local, mais je me dis que ça valait le coup d'en utiliser pour une vengeance nécessaire.

Toujours insatisfaite, je montai les marches jusqu'à ma chambre dans la tour et je la fermai derrière moi. L'entreprise du câble venait nous connecter à Internet demain, alors pour le moment je devais dépendre de ma connexion mobile pour surfer sur le Web avant de dormir. Même si les pages se chargeaient terriblement lentement à cause de notre proximité avec la forêt, je voulais faire quelques recherches rapides parmi les activités récentes de la sénatrice pour voir si quelqu'un me sautait aux yeux en lien avec son meurtre.

Pendant que j'y étais, je cherchai également des informations sur Matt Harlow. D'après ce que je voyais, c'était simplement un citadin normal d'âge moyen qui avait récemment divorcé et qui travaillait dans la vente. Rien ne me parut indiquer un tueur en série, mais il était possible qu'il n'ait tué qu'une seule fois jusqu'ici, si la mort prématurée de Lou avait été causée par son fils.

Franchement, je ne voyais pas du tout.

Un grattement impatient me parvint depuis l'autre côté de la porte.

— Va-t'en ! criai-je, car je ne souhaitais pas m'occuper des caprices de mon chat.

Octo-Chat murmura quelques mots que je ne pus pas discerner, mais il semblait avoir une sorte de dispute avec lui-même.

— Je suis désolé ! cria-t-il après une légère hésitation.

Je fus si surprise que je laissai tomber mon téléphone sur le lit à côté de moi. Je ne pensais pas avoir déjà entendu cette série de mots sur ses lèvres. « *Tu vas le regretter* » oui, mais jamais des excuses sincères.

Je souris intérieurement, prête à profiter au maximum de ce moment. Tout comme Octo-Chat, il me fallait savourer mes victoires.

— Qu'as-tu dit ? demandai-je en faisant semblant de ne pas avoir entendu.

Je ne savais pas s'il était là pour demander une meilleure saveur de Gourmet ou parce qu'il se sentait mal. Néanmoins, c'était déjà bien.

Quand sa voix me parut tendue, je compris que ce moment était déjà une assez grande punition.

— Tu sais ce que j'ai dit. Tu es juste... *aarg !* Je suis désolé, d'accord ? Je suis désolé !

Je fonçai vers la porte, mais comme au ralenti. Franchement, le moment ressemblait à ceux où l'héroïne court au ralenti dans un champ de fleurs vives pour atteindre son héros. Oui, j'aimais mon chat, et ce moment était spécial pour moi, alors ne me jugez pas.

En ouvrant, je lui souris et je lui dis :

— Je te pardonne.

— Super, dit-il avec un sourire rusé. Au fait, il y a un joli petit vomi vert qui t'attend en bas des escaliers.

Il s'éloigna en trottinant, agitant les hanches d'un air triomphant. Franchement, je ne me souvenais même pas pourquoi il me punissait avec son vomi vert, mais j'avais d'autres chats à fouetter.

En laissant la porte ouverte au cas où il voulait revenir pour des câlins d'excuses, je m'installai sur mon lit et je repris mes recherches sur la sénatrice et son descendant.

Je lus d'abord tous les articles de presse la concernant datant de moins d'un mois. Ce fut d'un ennui mortel, alors je me concentrai sur ce que je savais déjà personnellement.

Après avoir préparé l'application pour prendre des notes sur mon téléphone, je tapai tout ce que j'avais découvert jusqu'ici :

A servi quatre mandats, allait sans doute être réélue.

Morte en tombant dans les escaliers.

Marche du bas enfoncée.

Maman est chargée d'enquêter pour le journal.

Intuition horrible à la scène de crime.

Deux chats sphinx d'un éleveur en France.

Officier Bouchard a monté la garde dehors pendant une grande partie de la journée.

M. Thompson est venu rendre visite et il a été éconduit.

Le proche parent est Matt Harlow. Il m'a croisée dans les bois et a couvert ma bouche quand j'ai essayé de crier.

. . .

Bon, c'était tout jusqu'ici, n'est-ce pas ? Si je tenais compte de toutes les personnes mentionnées sur la liste, cela signifiait que mes premiers suspects comprenaient l'officier Bouchard, Matt Harlow, M. Thompson, ma mère, et un éleveur de chats en France. Et, ah oui, également ses deux chats. J'aurais sans doute dû ajouter toute personne dont il se disait qu'elle voulait se faire élire au siège de la sénatrice pour l'élection suivante : il restait encore plus de deux ans, ce qui me faisait penser qu'un adversaire politique était un coupable assez improbable.

Cela me ramena à une autre question très importante : comment la sénatrice connaissait-elle M. Thompson ? Bien sûr, je pouvais simplement le lui demander la prochaine fois que j'irai travailler au cabinet, mais allait-il accepter de me dire la vérité ou simplement m'embrouiller davantage ?

Je tâtonnai pendant presque une heure sur Google, cherchant n'importe quel lien entre Harlow et Thompson, mais je ne trouvai rien. Comme j'étais encore en congé pendant le reste de la semaine, je décidai de demander un service à un ami.

— Allô ? répondit Charles à voix basse.

C'était l'associé adjoint de mon cabinet et mon ancien béguin.

— Charles, j'ai besoin d'un service, lui dis-je.

— Je suis au cinéma avec Breanne. Une seconde.

J'entendis les grognements de colère des autres spectateurs du cinéma, puis une minute plus tard, sa voix me parvint de façon plus évidente.

— Je suis dans l'entrée maintenant. Que se passe-t-il?

— La sénatrice a été assassinée hier, lui dis-je au cas où il n'était pas encore au courant.

Mais il l'était. Évidemment.

— Ils n'ont pas encore éliminé la possibilité qu'il s'agisse d'un accident, rectifia-t-il.

— Mais moi oui, rétorquai-je, et il eut la bonne idée de ne pas me contredire. Quoi qu'il en soit, Thompson est venu cet après-midi et il a essayé d'entrer dans la maison, mais les policiers l'ont congédié.

— C'est bizarre. Attends, comment le sais-tu?

— J'habite à côté, maintenant. Tu t'en souviens? répondis-je d'un ton pragmatique.

— Tu ne sais pas rester à l'écart d'un bon mystère, n'est-ce pas, Russo? s'esclaffa-t-il alors que nous parlions tout de même d'un meurtre.

Cela refit un peu fondre mon cœur pour lui. Comme il était déjà pris, je ravalai ce sentiment et je me concentrai sur les faits qui nous intéressaient.

— Peux-tu te renseigner sur Thompson pour

moi ? lui demandai-je. Découvrir comment il connaissait la sénatrice ? Pourquoi il est allé là-bas aujourd'hui ?

— Je m'en occupe. C'est tout ?

— Oui, retourne à ton rendez-vous, don Juan.

J'espérais qu'il ne décèle pas de sarcasme dans ma voix. Quoi qu'il en soit, il mit vite fin à l'appel, me laissant une fois de plus seule dans ma maison géante… et potentiellement avec un meurtrier dans la maison d'à côté.

Pouvais-je convaincre Mamie d'emménager plus tôt ? J'aurais alors un chat caractériel et une vieille dame au tempérament de feu pour me protéger, si les ennuis venaient à frapper à ma porte.

10

Malgré quelques heures de plus passées à me renseigner sur la vie de la sénatrice, son histoire et ses opinions politiques, je ne me sentis pas plus près de résoudre son meurtre le lendemain matin. Bien sûr, il aurait pu s'agir d'une affaire d'héritage comme cela avait été le cas dans le meurtre d'Ethel Fulton, mais j'en doutais.

Même si je l'avais trouvé effrayant la veille, son fils poli et rondouillard du Midwest ne me semblait pas être dangereux... juste un peu socialement inadapté. Malgré tout, je ne pouvais pas l'éliminer entièrement en tant que suspect. Sinon, il ne me restait plus que les deux chats et potentiellement mon patron.

Avec un peu de chance, Charles allait pouvoir découvrir ce que j'avais besoin de savoir sur Thompson avant la fin de la journée. J'avais été là pour lui quand personne d'autre ne voulait le soutenir pour son affaire de double homicide impossible à gagner. Contre toute attente, nous avions gagné cette fois-là, et je savais que nous pouvions recommencer. Il n'y avait pas de procès cette fois, mais nous devions au moins révéler la vérité sur la mort de Lou Harlow.

Après un rapide petit-déjeuner de Cheerios sans lait, j'attachai mes cheveux et j'enfilai une robe d'été rétro aux couleurs vives, puis je montai dans ma voiture. Je voulais résoudre ce problème aussi vite que possible... pas seulement pour la sénatrice, ni seulement pour le monde en général, mais pour moi-même également. Le sommeil n'était pas venu facilement hier soir, et ça allait sans doute durer tant que je ne savais pas si j'étais en sécurité dans ma nouvelle maison.

— Où comptes-tu aller? demanda Octo-Chat en sautant sur le capot de ma voiture et en me poignardant du regard à travers le pare-brise.

— À la maison voisine, l'informai-je.

Je n'allais pas prendre le risque de repasser dans ces bois, malgré le soleil qui brillait maintenant.

— Descends tout de suite de ma voiture pour que je démarre.

— Je viens aussi, dit-il avant de piquer un sprint vers la forêt.

Je n'étais pas du tout surprise : il avait sa façon de voyager préférée, et moi la mienne.

Je longeai ma longue allée sinueuse jusqu'à un petit bout de route, puis je remontai le long de la longue allée sinueuse du manoir Harlow. Oui, une fois que mon pauvre pied allait être remis, il serait sans doute bien plus rapide de traverser les bois. Parfois, la vitesse n'était cependant pas l'élément le plus important d'un déplacement.

Comme quand on cherchait à résoudre un mystère.

J'avais appris cela lors de ma première fois. J'étais partie en galopant vers la ligne d'arrivée sans même prendre le temps de me préparer pour la course. Et j'avais failli me faire tuer.

En y réfléchissant bien, je m'étais également fourrée dans un danger mortel en cherchant à résoudre ma deuxième affaire. Cette fois, j'allais être très contente si livrer le meurtrier de Harlow à la justice n'impliquait aucun flirt avec la mort de ma part. J'allais certainement me sentir bien plus professionnelle si j'étais capable de résoudre un crime sans mettre en danger la vie de qui que ce soit.

Aujourd'hui allait peut-être être ma grande journée : un tournant décisif pour mademoiselle la Chuchoteuse, Détective Privée. Je gloussai à cette idée, mais je devais avouer que je commençais à m'habituer au surnom donné par ma mère.

Quand je me garai sur la propriété Harlow, je fus surprise de ne voir aucune voiture de police ou de sport. À la place, un vieux camion rouillé était garé juste devant l'entrée principale. La porte était grande ouverte, mais je ne voyais personne à l'intérieur... pas même les chats ésotériques qui vivaient encore là.

— Je suis là ! retentit le cri étouffé d'Octo-Chat dans les bois. Et j'arrive avec un cadeau, ajouta-t-il lorsqu'il fit son apparition avec un rongeur mort dans la bouche.

— Dégoûtant, dis-je en sachant déjà que le vomi de chat du lendemain matin allait être particulièrement affreux.

— Quelqu'un est là ? appela une voix grave depuis l'intérieur de la maison.

Je restai près de ma voiture et j'attendis que l'auteur de la question émerge sur la terrasse. Quand il le fit, je poussai un cri de joie et je courus vers lui pour le prendre dans mes bras.

— Brock ! C'est si bon de te voir dehors.

J'espérais qu'il ne soit pas offensé par mon choix de mots, mais je me sentais mieux en ne mentionnant pas directement le fait que c'était au tribunal ou en prison que je l'avais vu les dernières fois.

— C'est Angie, non ? demanda-t-il en me retournant un sourire immense. Merci d'avoir aidé pour mon procès.

Oups. Bien sûr, il ne me connaissait pas aussi bien que moi. J'avais passé la majorité d'une semaine entière à me concentrer sur son affaire, alors qu'il ne m'avait vue que pendant de courtes périodes au milieu de ce qui devait être l'événement le plus stressant de sa vie.

— Quand tu veux, dis-je en lui donnant un coup enjoué sur l'épaule.

— Eh bien, j'espère plus jamais, rectifia Brock en riant. Mais je te remercie.

Il était beau. Très beau. Ses longs cheveux sombres avaient été coupés plus court, laissant juste assez de longueur pour qu'une personne puisse passer les doigts dedans.

Qui ça ? Moi ? *Non.* Mon dernier béguin s'était très mal terminé… il était sorti avec quelqu'un d'autre. Et notre cher Brock se souvenait à peine de mon nom. Je n'avais pas besoin d'aller fantasmer sur les possibilités romantiques entre nous.

D'un autre côté, son sourire apparaissait facilement et il était sincère. Je n'arrivais pas à croire que cette horrible agente immobilière soit sa sœur jumelle. En dehors de leur nom de famille, ils n'avaient presque rien en commun. En tout cas, d'après ce que je voyais.

Brock me fit signe de le suivre dans la maison, puis il s'accroupit devant les escaliers et reprit le travail.

Ce pantalon. Ce tee-shirt. Ces muscles. Et la façon dont il maniait son marteau... *Arg.*

Apparemment, mon béguin pour Charles Long-fellow le troisième était oublié. Même s'il avait été accusé à tort, je me demandais si Mamie approuverait que je fréquente un ex-prisonnier. En fait, elle allait sans doute le trouver encore plus excitant que moi.

Non, non, non. Vilaine Angie! Je n'avais pas le temps de fréquenter des hommes — ni même d'y penser — alors qu'il y avait un meurtrier en liberté.

— Alors, ils t'ont engagé pour réparer les escaliers? demandai-je, histoire d'avoir quelque chose de cohérent à dire.

Ses yeux sombres et étincelants étaient si beaux quand il se tourna pour m'examiner.

— Effectivement. Et ça m'a fait plaisir. Même si j'ai été acquitté, beaucoup de gens par ici n'ont pas très envie de m'engager.

— Oh, je pourrais te trouver des choses à faire.

Je fus une nouvelle fois hypnotisée par le renflement de ses muscles sous son jean. Une seconde, avais-je dit ça à voix haute ?

— Pardon ? demanda-t-il en se tournant vers moi et en s'essuyant le front avec l'avant-bras.

— *Euh*, bafouillai-je, incapable de me souvenir de ce à quoi je pensais.

Puis je compris subitement. Même si je trouvais l'homme qui se tenait devant moi très beau, ceci ne le concernait pas. C'était au sujet de ma kryptonite personnelle : le café. Je me souvins soudain que je n'en avais pas eu avant de venir. Pas étonnant que mon cerveau soit en compote. Il fallait que j'y fasse plus attention, dorénavant.

En me pinçant l'intérieur du bras pour revigorer mes sens, je finis par sourire en disant :

— J'ai quelques petits travaux dans ma nouvelle maison, si tu as le temps. J'habite juste à côté, en fait.

Il se leva et regarda dans la direction de ma maison comme s'il pouvait la voir à travers les murs en pierre solide du manoir Harlow.

— Oui, j'aimerais beaucoup.

Octo-Chat apparut dans l'encadrement de la porte avec des traces de sang frais sur son visage poilu, mais la carcasse de son en-cas de milieu de matinée avait heureusement disparu.

— Pas étonnant que tu n'aies pas de petit ami, maugréa-t-il en commençant à se laver.

Oh non, j'étais si peu douée pour draguer que même mon chat le remarquait. Ce n'était pas une bonne façon de commencer la journée. Pas du tout.

L'arrivée grossière d'Octo-Chat me rappela que j'étais venue pour une raison bien spécifique, qui n'était pas de flirter avec l'homme à tout faire.

— En réalité, je suis passée voir Matt Harlow. Est-il là ?

Brock fouilla dans une boîte remplie de clous jusqu'à trouver ce qu'il voulait.

— Non, il est parti juste après mon arrivée. À la lecture du testament, expliqua-t-il en se concentrant désormais sur son travail. Veux-tu que je lui dise que tu es passée ?

— Oui, merci.

N'ayant rien de plus à faire ici, je me tournai vers la porte et je jetai un regard à Octo-Chat au passage. Il affirmait toujours que tous les humains se ressemblaient, mais il avait un taux de réussite d'environ quatre-vingt-dix pour cent quand il s'agissait de distinguer le genre d'une personne. Je me demandai si les sphinx avaient les mêmes défauts que lui. S'ils avaient vu le tueur sans être capables de l'identifier.

— Oh, attends ! J'ai oublié quelque chose, cria Brock.

Je me retournai si vite que je fis presque un tour complet sur moi-même. Ma robe tournoya comme dans une espèce de vieux film et Brock gloussa.

— Je voulais juste te faire savoir que nous avons une offre officielle pour la maison de ta grand-mère. Apparemment, ta nouvelle colocataire va te rejoindre très vite.

Ah oui. Lui et sa sœur étaient chargés de vendre la maison de Mamie. Le monde existait toujours en dehors de nous deux et de mon chat aux commentaires impolis.

— Merci, lui dis-je. C'est une bonne nouvelle.

Je marchai lentement vers ma voiture, prenant soin de ne pas mettre trop de poids sur mon pied. Maintenant que Mamie avait un acheteur pour sa maison, elle allait pouvoir me rejoindre bien plus tôt que nous l'avions prévu.

Je n'avais absolument aucune honte à admettre que j'étais une petite fille effrayée ayant besoin de grand-mère pour la border le soir. En tout cas, tant que le dernier meurtrier de Glendale n'avait pas été attrapé. Je pouvais l'inviter aujourd'hui pour fêter sa vente à venir et la supplier de passer la nuit.

Je savais qu'elle serait incapable de résister en découvrant que j'avais un mystère à résoudre dans la maison d'à côté.

11

Effectivement, Mamie accepta de passer plus tard dans l'après-midi pour *prendre des infos* sur notre nouvelle enquête... et ce sont ses mots, pas les miens. J'aurais peut-être dû appeler ma mère à la place, puisqu'elle était déjà impliquée. Mais Mamie avait été une partenaire très enthousiaste la dernière fois et j'appréciais son approche moins directe quand il s'agissait d'interroger les témoins.

Si ma mère n'avait pas fait carrière dans le journalisme, j'étais certaine qu'elle aurait pu être une très bonne gardienne de prison. Mamie, d'un autre côté, était une actrice dans l'âme. Même si sa carrière à Broadway avait pris fin presque cinquante ans plus tôt, elle aimait toujours mettre des costumes et jouer le rôle de n'importe quel nouveau personnage dont nous avions besoin pour nos enquêtes.

Moi? Je suppose que j'étais le cerveau de notre petite opération. Quelle que soit cette opération. Pour l'instant, nous étions juste des détectives justicières improvisées avec un don pour trouver les indices et les problèmes. Bien sûr, si je laissais faire ma mère, j'allais bientôt accrocher une enseigne *Détective Privée* sur le devant de la maison.

Mamie était l'actrice, le gentil flic. Ma mère était la journaliste tenace, c'est-à-dire le méchant flic, et j'étais celle qui faisait toutes les recherches avant de foncer dans la bataille sans réfléchir à ma propre sécurité.

Je n'étais peut-être pas le cerveau, finalement.

Je déballai quelques cartons de plus en réfléchissant à tout cela... comme si cela avait de l'importance, comme si j'écrivais un roman ou que je préparais le casting d'une série télévisée narrant nos exploits. Ç'aurait été merveilleux! Et ma mère et Mamie pouvaient aimer cette série toutes les deux. Mais pour l'instant, je voulais simplement accrocher mes vêtements et les organiser dans ma nouvelle penderie.

J'avais choisi la chambre la plus petite de tout le manoir, pas seulement parce que j'adorais l'idée de vivre dans une tour, mais aussi parce que cela me donnait davantage l'impression d'être chez moi. Malgré son flair pour le côté théâtral, Mamie m'avait élevée en m'apprenant à être modeste et à trouver le bonheur là où j'étais. Toute cette histoire de posséder une villa, je devais encore m'y habituer.

Je poussai un soupir frustré quand moins de la moitié de ma garde-robe passa dans la petite penderie de la tour. Il ne s'agissait peut-être que de vêtements venant de friperies et de magasins caritatifs, mais j'aimais chaque article que je possédais et je rechignais à m'en séparer. Ils ne fabriquaient plus les vêtements comme dans les années 80 et 90. Effectivement, je n'avais pas beaucoup vécu dans ces décennies, mais ça ne voulait pas dire que je n'aimais pas les touches de couleurs vives et les motifs sympas.

— Qui a fait caca dans ta litière ? demanda Octo-Chat en choisissant ce moment précis pour se faufiler hors de sa cachette sous mon lit.

Je ne savais même pas qu'il était là-dessous, le fourbe.

— Tu as des expressions vraiment très étranges, lui dis-je en fronçant les sourcils avant de me concentrer sur le bien plus grand problème du moment. Et mes vêtements ne rentrent pas dans le placard.

— Tout d'abord, toi aussi, soupira Octo-Chat

avant de s'aventurer dans le placard pour examiner la situation.

En ressortant, il ajouta :

— Et deuxièmement, je ne vois pas vraiment pourquoi vous autres les humains, vous avez besoin de tant de tenues, mais tu sais que nous avons six chambres dans cette maison ? Six ! C'est une de plus que le nombre de vies qu'il me reste, et ça me semble largement suffisant. Il te suffit de choisir une des autres chambres et d'y ranger tes affaires.

Je secouai la tête en hésitant à lui demander comment il avait perdu ses quatre autres vies et qu'est-ce que ça voulait dire. D'après moi, je n'avais qu'une seule vie à vivre... et à perdre. C'était pour cette raison que même si nos enquêtes étaient passionnantes, elles pouvaient aussi être très dangereuses.

— Allez viens, dit Octo-Chat en soufflant. Je crois que je connais la chambre parfaite pour ça, si tu veux bien me suivre.

Je serrai le tas de cintres dans ma main et je le suivis jusqu'en bas de l'escalier en colimaçon et jusqu'à l'autre bout de l'étage de notre nouvelle maison. Enfin, nouvelle pour moi, du moins. Mon chat s'était facilement réinstallé en tant que maître de son domaine. Je ne l'avais jamais vu aussi à l'aise dans mon ancienne location, mais d'un autre côté, ce chat en particulier semblait né pour des choses plus grandioses et un environnement plus extravagant.

— Celle-ci, dit-il en s'arrêtant devant une porte fermée au bout du couloir.

Il posa les pattes sur la lumière qui passait sous la porte.

Je l'ouvris et je poussai un petit cri en laissant bruyamment tomber mes cintres. D'une façon ou d'une autre, j'avais complètement oublié cette pièce. Oui, j'avais fait plusieurs fois le tour de la maison avant de signer le contrat, mais j'étais alors si impressionnée par le luxe de l'ensemble du manoir que j'avais eu du mal à remarquer les détails.

Et, oh, cette chambre était très bien.

Tout d'abord, il y avait une grande banquette de fenêtre comme celles que j'avais enviées au manoir Harlow. Ce magnifique morceau d'architecture s'étirait sur au moins deux mètres, ce qui signifiait que je pouvais faire la sieste ici si j'en avais envie. De grands rideaux occultants tombaient de chaque côté. Ils avaient dû être fermés les autres fois que j'avais vu cet endroit : ça devait être la raison pour laquelle je ne m'en souvenais pas. J'aimais bien mieux cette explication plutôt que de penser que j'avais soit négligé, soit oublié des détails aussi importants.

Un chandelier en cristal antique était accroché au plafond voûté : il prenait la lumière du soleil et reflétait de minuscules arcs-en-ciel dans toute la pièce. La plupart des ampoules ne fonctionnaient plus, mais ça ne diminuait en rien son opulence. Le plancher en parquet de couleur miel était rayé, mais il était toujours solide. Il pouvait être poncé et verni assez rapidement une fois que j'avais l'argent et le temps — ou peut-être juste l'homme à tout faire sexy.

— Alors, est-ce que ça fonctionnera pour ton nouveau placard ? demanda Octo-Chat en autant sur la banquette et en jetant un rapide coup d'œil dehors avant de se retourner vers moi. C'est petit, alors je me suis dit que tu allais aimer.

— Un placard ? soufflai-je. Hors de question ! Ce sera ma nouvelle bibliothèque.

Je suis à peu près certaine que des larmes s'étaient formées dans mes yeux et tombaient sur mon visage, trempant mon tee-shirt, mais je m'en moquais. Octo-Chat pouvait se moquer de moi comme il le souhaitait, mais j'avais enfin trouvé un véritable enthousiasme sans réserve pour notre nouvelle demeure.

Comment pouvait-il en être autrement étant donné que je dormais maintenant dans une tour comme Raiponce et que j'allais avoir ma bibliothèque personnelle comme Belle ? J'étais entrée dans un conte de fées. Bien sûr, il se transformait en manoir hanté dès que les lampes s'éteignaient, mais... mais...

J'avais maintenant ma bibliothèque personnelle !

Quelqu'un frappa vivement à la porte du rez-de-chaussée, mettant fin à notre petit moment. Autrement, j'aurais pu rester là toute la journée à dessiner des plans pour ce que cette pièce vide allait bientôt devenir.

— N'avons-nous pas une sonnette ? demandai-je à Octo-Chat en fermant la porte derrière moi à contre-cœur avant de me diriger vers les escaliers et de descendre au rez-de-chaussée.

Il haussa les épaules et fila pour découvrir qui venait nous voir.

Même si je n'avais pas du toute envie de quitter cette magnifique rêverie, je pensais qu'il pouvait s'agir de Mamie et elle n'aimait pas qu'on la fasse attendre.

— Bonjour ? appela une voix nasale et masculine.

Une deuxième série de coups retentit sur la porte, avec un peu plus d'urgence, cette fois.

Je reconnus immédiatement Matt Harlow en apercevant sa silhouette familière à travers le vitrail de chaque côté de la porte d'entrée. J'ouvris la porte et je restai devant l'entrée pour bloquer le passage. Je lui avais rendu visite plus tôt dans la journée, mais j'étais encore très angoissée par sa présence… et j'allais rester angoissée jusqu'à pouvoir l'innocenter complètement.

— Bonjour, dit-il en fourrant une main dans sa poche et en utilisant l'autre pour me saluer gentiment.

Je me demandai si c'était elle que j'avais mordue la veille.

— Vous êtes passée me voir aujourd'hui ?

Je fouillai dans ma poche pour vérifier que j'avais bien mon téléphone sur moi en tant que précaution supplémentaire, puis je fis un pas en arrière et je lui fis signe d'entrer.

— Aimeriez-vous vous joindre à moi pour un peu de thé ? demandai-je, car cela se faisait entre voisins.

Octo-Chat traversa le vestibule en poussant des cris terribles.

— Trop tôt ! Trop tôt ! hurla-t-il.

— Votre chat va bien ? demanda Matt en étirant le cou pour mieux le voir.

Je haussai les épaules.

— Oh, il s'en remettra. Du thé ?

— Oui, merci.

Un sourire sincère s'étala sur le visage de Matt et pour la première fois, je vis la ressemblance qu'il y avait avec sa mère décédée.

Je le conduisis au salon et je lui fis signe de s'asseoir sur le vieux canapé de l'époque victorienne bordé de cerisier sombre. Il y avait de nombreuses essences de bois dans la maison, et je ne savais pas si c'était le résultat d'une mauvaise organisation ou d'un style de décoration ancien que je ne comprenais pas tout à fait. À mi-chemin vers la cuisine, je me retournai en ayant l'impression d'avoir l'occasion parfaite pour poser quelques questions très importantes à Matt.

— Vous avez des chats également, n'est-ce pas?

J'espérais que mon empressement à parler des sphinx n'était pas trop évident. Si Matt n'était pas le meurtrier, j'allais avoir besoin de son soutien.

Il joignit ses doigts devant lui. Il ne semblait pas très bien savoir comment se comporter dans ma maison.

— Moi? Non, mais ma mère en a toujours eu d'aussi loin que je me souvienne.

— Que va-t-il arriver aux deux qui sont là maintenant? demandai-je nonchalamment.

Il haussa les épaules et essaya de se mettre à l'aise sur le canapé bien trop ferme.

— Je ne sais pas trop, avoua-t-il. Ils se cachent depuis que je suis arrivé. Je me suis dit que je pouvais les ramener à la maison et les donner à mes enfants, histoire d'en faire le problème de mon ex-femme au lieu du mien. Mais je m'inquiète que ces deux-là fassent faire des cauchemars à mes enfants comme quand j'étais petit.

— Des cauchemars? Pourquoi? demandai-je alors que je le comprenais déjà.

Je disais tout ce qui me passait par la tête afin qu'il continue à parler.

— Avez-vous déjà vu un chat sans poils? demanda-t-il en frissonnant. On dirait que leur cervelle est à l'extérieur.

Je ris, et lui aussi. Cette description était assez exacte. Malgré tout, j'avais commencé à apprécier Jacques et Jillianne maintenant que j'avais eu l'occasion de leur parler un peu. D'accord, ils étaient différents, mais ils étaient aussi vraiment uniques.

— Vous avez parlé de cauchemars quand vous étiez petit. Avez-vous toujours eu peur des chats?

Il se racla la gorge et toussa dans son poing.

— Je n'ai pas peur des chats. Je les aimais bien, mais ensuite ma mère a rencontré cet éleveur en France et depuis, il n'y a eu que des sphinx pur sang pour elle.

J'avais l'impression d'avoir une occasion en or, une occasion si providentielle que je n'avais pas cru qu'elle soit possible.

— Si vous souhaitez que je les garde pendant que vous décidez quoi faire avec eux, ça ne me gêne pas du tout de donner un coup de main, suggérai-je avec un sourire mielleux.

— *Quoi?* cria Octo-Chat en revenant à toute vitesse dans la pièce et en sautant sur le canapé à côté de Matt. Tu ne peux pas être sérieuse! Il est hors de question que je permette...

— Oui, répondit Matt en interrompant la tirade de mon félin sans le savoir. Ce serait fabuleux. Enfin, si ça ne vous gêne pas.

— Oh, ça ne me gêne pas du tout, dis-je avec un grand sourire, profitant de l'air horrifié de mon chat.

— Traîtresse, maugréa Octo-Chat.

Matt tendit la main pour caresser Octo-Chat, mais il fut sommairement griffé par mon félin très grognon.

— Aïe! cria-t-il. Et c'était ma bonne main, en plus.

Le chat siffla et courut se cacher dans une autre pièce en hurlant d'autres injures félines.

— Pardon, dis-je, me sentant très gênée.

J'espérais qu'il allait encore me faire assez confiance pour veiller sur les chats de sa mère après avoir vu le comportement erratique de celui dont j'avais la charge.

— Bon, et ce thé alors ? suggérai-je me précipitant vers la cuisine avant qu'il puisse refuser.

Cela allait me donner quelques instants pour planifier mes questions. Si je posais les bonnes, il se pouvait que je trouve les indices manquants pour résoudre le meurtre de Lou Harlow une bonne fois pour toutes.

12

J'apportai une tasse d'Earl Grey nature — sans crème, sans sucre, pas bonne, vraiment. Cela allait devoir faire l'affaire, car je n'avais pas eu le temps de me rendre au magasin depuis que j'avais emménagé la veille. Franchement, c'était déjà une sorte de miracle que je possède du thé.

— Merci, dit-il avec un sourire amical, acceptant la tasse chaude et la tenant entre ses mains. Écoutez, pour hier soir, je voulais juste m'excuser de... Enfin, je suis sûr que vous vous en souvenez.

— De l'eau a coulé sous les ponts, dis-je en balayant ses excuses, même si j'étais heureuse qu'il les offre.

Il fallait que je garde son soutien si je voulais apprendre ce qu'il savait sur le meurtre de sa mère.

— Vous êtes simplement si accueillante et puis vous proposez de garder mes chats, en plus. Je me sens très mal d'avoir réagi de cette façon. C'est juste que…

Il soupira et fit tourner la tasse dans ses mains de sorte que l'image se trouve de mon côté. C'était ma tasse de *folle aux chats*. Mamie me l'avait achetée pour fêter mon adoption officielle d'Octo-Chat quelques mois plus tôt, et elle était vite devenue ma préférée.

Matt soupira et regarda le sol.

— Ce n'est peut-être pas la chose la plus virile à avouer, mais j'étais terrifié.

— C'est compréhensible, le rassurai-je. Après tout, quelqu'un vient juste de tuer votre mère.

— Exactement !

Matt porta la tasse à ses lèvres, but une petite gorgée, puis la reposa sur la table basse. Il n'y avait pas de dessous de verre, mais le meuble avait déjà beaucoup de traces d'usure, alors je me dis que ce n'était pas un problème dont je devais m'inquiéter pour le moment.

— Je loge chez elle, en plus. Il est vrai que c'était ma maison quand j'étais petit, mais elle me donne la trouille.

— C'est exactement ce que je pense.

Je me penchai en avant pour lui faire un check, parce que nous logions tous deux dans des maisons inquiétantes. Il ne sembla pas savoir quoi faire de mon poing, alors on se serra la main à la place.

— Vous avez donc grandi par ici? demandai-je en buvant une gorgée de ma propre tasse. Je ne supportais pas le thé sans au moins deux cuillerées de sucre, alors j'avais secrètement rempli la mienne avec de l'eau chaude : de cette façon, je pouvais au moins accompagner Matt et donner l'impression que mes questions faisaient partie d'une conversation plutôt que d'un interrogatoire.

— Pas *par ici*, dit-il en s'arrêtant et en secouant la tête. *Ici*. Juste à côté.

— Si ça ne vous gêne pas que je pose la question, pourquoi êtes-vous parti?

J'étais ravie de la façon dont les choses se déroulaient pour l'instant. Matt se confiait à moi sans la moindre hésitation. Qu'allait-il bien pouvoir me dire encore avant d'atteindre le fond de sa tasse de thé?

— L'amour, ricana Matt en levant les yeux au ciel. Mal m'en a pris.

Je grimaçai de compassion. Même si je n'avais jamais eu autre chose que des amours d'adolescente, j'avais pitié de cet homme récemment divorcé. Tout devait encore être frais et difficile, et maintenant il avait en plus perdu sa mère.

— Alors, pourquoi ne revenez-vous pas? Je suppose que votre mère vous a légué sa maison?

— C'est le cas, mais je ne sais pas.

Il tapota le bord de sa tasse avec les doigts et fronça les sourcils.

— Ce serait difficile de vivre là sans penser constamment à elle.

— Était-elle une bonne mère? demandai-je avant de boire une gorgée nonchalante de ma tasse d'eau chaude.

Si Matt pensait que mes questions étaient trop rapides et trop rapprochées, il ne le montra pas. Au contraire, il semblait heureux de se confier, ou au moins d'avoir quelqu'un à qui parler. Le pauvre.

— C'était la meilleure, dit-il avec un soupir de nostalgie. Tout ce que vous pouvez lire sur elle dans les journaux est vrai, d'ailleurs. Elle avait vraiment un cœur d'or. Même avant d'être élue, elle était toujours bénévole quelque part. En fait, nous avons passé plus de Noëls à servir des repas chauds à la soupe populaire que nous en avons passé à la maison à ouvrir des cadeaux.

— C'est incroyable. Je suis certaine qu'elle va

manquer à beaucoup de gens. Je sais que ce sera mon cas.

Je savais déjà tout cela sur elle, bien sûr, mais l'entendre des lèvres de son fils me mettait encore plus en colère parce que quelqu'un avait mis fin à sa vie de façon prématurée et violente.

Le regard de Matt s'illumina d'émotion.

— Vous la connaissez bien ?

Je souris.

— Eh bien, j'ai voté pour elle chaque fois que j'ai pu et je voyais qu'elle croyait à ce qu'elle disait. C'était un changement agréable.

Matt reprit sa tasse de thé et but une longue et lente gorgée.

— Je ne sais pas du tout qui aurait pu lui vouloir du mal, soupira-t-il en secouant la tête. Ça n'a aucun sens.

— C'était peut-être un accident, fis-je remarquer, même si je ne le croyais pas moi-même.

— Peut-être, concéda-t-il.

Nous restâmes quelques instants silencieux. Il ne dit rien de plus, mais je voyais aussi qu'il n'était pas prêt à partir, alors je lui posai une autre question.

— Quand je suis passée plus tôt, vous étiez à la lecture du testament. Tout s'est bien passé là-bas ?

Je repensai à la première et unique lecture de

testament à laquelle j'avais pris part. C'était celle où j'avais failli mourir par la faute d'une vieille machine à café, où j'avais découvert mes pouvoirs et rencontré Octo-Chat pour la première fois. D'après mon expérience personnelle, les lectures de testament pouvaient être tordantes.

— Ça allait, répondit Matt d'un air passif. Aucune véritable surprise : j'ai eu la maison. Mes enfants ont tous les deux des fonds fiduciaires auxquels ils pourront accéder quand ils auront dix-huit ans. La majorité du reste est partie vers une bourse d'études dont elle parle depuis des années sans avoir eu le temps de s'en occuper.

— Une bourse ? C'est bien, dis-je en hochant la tête. Pour les étudiants qui veulent étudier la politique ?

Matt laissa échapper un rire de dérision.

— Surtout pas. Maman a toujours détesté les politiciens. Encore plus après en être devenue une. Selon elle, il y avait des gens intelligents avec de bonnes intentions qui finissaient par mal tourner en chemin. Mais pas elle. Que Dieu la bénisse.

— Puis-je demander à quoi sert cette bourse ? m'enquis-je en espérant que ce n'était pas trop grossier de revenir en arrière après ces mots affectueux. Je veux dire, je pense à retourner étudier, alors je pourrais éventuellement poser une candidature.

Je n'envisageais pas vraiment d'autres études pour le moment, mais me connaissant avec mon amour insatiable des apprentissages, ce n'était qu'une affaire de temps.

Matt regarda autour de lui, observant mon manoir luxueux, le sous-entendu étant évident : pourquoi auriez-*vous* besoin d'une bourse ? Il ne le dit pas, cependant. Malgré nos débuts compliqués, je voyais qu'il était gentil, exactement comme sa mère l'avait élevé.

— La biologie. Ou plus précisément, la biologie marine, me dit-il, et ce n'était pas la réponse à laquelle je m'attendais.

En voyant ma stupéfaction, il se dépêcha d'expliquer :

— Je sais, ça a l'air bizarre pour une sénatrice, n'est-ce pas ? Mais dans les années soixante-dix, elle venait de m'avoir et mon père voulait qu'elle reste à la maison pour m'élever. Je suppose que ça ne lui convenait pas et elle a fini par divorcer, mais avant ça, elle s'est impliquée dans le mouvement pour sauver les baleines. Cela lui a donné son premier avant-goût d'activisme politique, et elle était accro.

Il marqua une pause et but une autre gorgée d'Earl Grey avant de continuer.

— C'est pour cette raison qu'elle est restée seule dans cette grande maison pendant toutes ces années. Elle ne voulait pas quitter l'océan et tout ce qu'il représentait pour elle. Je suppose que je lui ressemble un peu moi-même, car j'ai fait en sorte d'acheter une maison donnant sur le lac Michigan à Chicago. Même maintenant, je ne peux pas imaginer regarder par la fenêtre et voir autre chose que de l'eau.

— Ainsi, elle veut continuer à sauver les baleines grâce à sa bourse, résumai-je avec un sourire rêveur. C'est magnifique.

Quelqu'un d'autre frappa à la porte d'entrée. Les coups furent rapides et légers, cette fois.

— J'arrive ! criai-je en me levant d'un bond puis en poussant un cri de joie lorsque je vis Mamie à travers le vitrail.

— Bon, je suis là, dit-elle en entrant.

Elle portait des chaussures en caoutchouc vert fluo et un legging couvert d'arcs-en-ciel. En haut, elle portait un vieux tee-shirt qui avait perdu une grande partie de sa couleur d'origine après avoir été lavé trop souvent.

— Maintenant, parle-moi de ces chats qui communiquent par énigmes.

Je me tournai vers Matt et je fis une grimace.

— C'est un livre que nous lisons ensemble, expliquai-je vite.

Les livres constituaient la meilleure des excuses, car peu de gens posaient des questions supplémentaires. C'était triste, mais pratique.

— Quoi qu'il en soit, voici ma grand-mère. Mamie, voici Matt. La sénatrice Harlow était sa mère.

— Oh, pauvre garçon ! dit Mamie en se dépêchant de s'asseoir à côté de lui et en appuyant le dos de sa main contre son front. Comment te sens-tu ?

— Très bien, répondit Matt, même si cela ressemblait davantage à une question.

— J'ai voté pour ta chère mère chaque fois, annonça Mamie fièrement. Il n'y avait pas mieux qu'elle.

Matt leva sa tasse.

— Je bois à ces bonnes paroles.

Je retournai à ma place sur mon fauteuil, en face d'eux.

— Matt était justement en train de me parler un peu plus de sa mère. Et puis, j'ai proposé de veiller sur les chats de la sénatrice pendant que Matt s'occupe du reste de la propriété.

— On ne peut jamais avoir trop d'opinions ou trop

de chats, dit Mamie en hochant la tête et en gloussant.

Aucune de ces informations ne me semblait correcte, mais je les laissai passer.

Matt but une autre longue gorgée de thé, puis il posa sa tasse vide sur la table basse.

— Je devrais sans doute partir, dit-il en se levant. Encore merci pour l'hospitalité et les mots gentils sur ma mère.

Mamie se leva également et le serra dans ses bras. Elle semblait minuscule autour de sa grande silhouette d'ours. Malgré tout, je vis qu'il appréciait le geste.

Quand Mamie le laissa partir, je me levai et je suivis Matt jusqu'à la porte.

— Faites-le-moi savoir quand vous voulez que je passe pour les chats, dis-je pendant que nous traînions dans l'entrée.

— Oh, oui, dit-il d'une façon qui laissait entendre qu'il avait déjà oublié... ou qu'il faisait semblant d'avoir oublié après le petit caprice d'Octo-Chat. Êtes-vous sûre que ça n'est pas trop vous demander ?

— J'en suis sûre, affirmai-je, peut-être trop vite.

En vérité, j'avais besoin de ces chats. Ils détenaient la clé du meurtre mystérieux, et je voulais vraiment savoir ce qu'ils avaient à dire.

— En fait, je devrais peut-être vous accompagner maintenant ? Leur donner un peu de temps pour s'installer avant la nuit tombée.

Je ne voulais pas risquer qu'il change d'avis, et maintenant que j'avais Mamie ici, elle pouvait m'aider à maintenir Octo-Chat dans une humeur assez bonne pour qu'il nous soit utile. Même si j'étais soi-disant sa meilleure amie, il préférait clairement sa compagnie à la mienne. J'essayai de ne pas me vexer.

Matt fronça les sourcils en m'examinant.

— Êtes-vous sûre d'être sûre ?

— Plus on est de fous, plus on rit ! dit Mamie en passant un bras autour de nos tailles et en nous rapprochant. Maintenant, allons chercher nos invités.

Matt ne dit rien de plus lorsque l'on sortit tous les trois sur la terrasse. Je scrutai les environs, mais je ne vis pas de véhicules supplémentaires — en dehors du coupé sport au moteur gonflé de Mamie — ce qui signifiait que Matt avait dû choisir de traverser les bois pour me rendre visite.

Et, même s'il avait été un compagnon parfaitement adéquat pour le thé de l'après-midi, cela ne me mettait pas à l'aise. Si ça ne le gênait pas de flâner dans les bois après notre frayeur mutuelle de la veille, était-il prêt à les traverser de nouveau à la faveur de la nuit ?

Finalement, je n'étais peut-être pas autant en sécurité que je l'avais espéré.

13

Au manoir Harlow, Matt s'excusa pour aller répondre au téléphone, laissant Mamie et moi localiser et attraper les deux sphinx. Malgré nos efforts de rapidité, il nous fallut presque une heure pour trouver Jacques et Jillianne, les récupérer, puis les ramener chez moi. Apparemment, ils étaient tout aussi doués pour se cacher que pour raconter des devinettes. Afin d'éviter qu'ils s'éclipsent à nouveau, Mamie et moi nous les portâmes directement dans la pièce que j'avais attribuée à ma future bibliothèque. On ferma vite la porte avant de les laisser sortir de leur panier.

J'avais également fait monter Octo-Chat et j'avais des griffures fraîches pour prouver qu'il n'était *pas* ravi d'être ici.

— Je suis contre ! cria-t-il en se jetant contre la porte fermée en signe de protestation.

— Oh, chut, sinon je vais te donner une raison de râler.

Je ne savais pas du tout laquelle, mais heureusement, ma menace en l'air fonctionna.

— Allez, viens, mon gentil minou ! roucoula Mamie en tapotant le parquet sur lequel nous étions toutes deux assises les jambes croisées.

Octo-Chat détestait être traité de *minou*, mais il adorait Mamie, alors il s'avança tranquillement et monta sur ses genoux. Elle le cajola immédiatement et se mit à gratter l'endroit spécial sous son menton. Je vis sa rage s'estomper. Heureusement.

— Faisons vite, dit-il en me fixant d'un air déçu.

J'avais l'habitude de son cinéma et de sa déception, alors ça ne chamboula pas du tout mes plans.

Les deux chats sphinx s'étaient retirés dans le coin opposé de la pièce et ils étaient assis en tremblant près de la bouche d'aération. Ils avaient l'air si malheureux que je me sentais presque mal de les avoir confinés ici. Malgré tout, ils avaient les informations qu'il nous fallait, et ils avaient choisi eux-mêmes de s'asseoir juste à côté de l'air froid qui entrait dans la pièce.

Le plus petit émit un miaulement éraillé et Octo-

Chat soupira. Comme il l'avait suggéré, j'allais faire de mon mieux pour que cela se passe aussi vite et sans douleur que possible. Si n'était pas pour lui, c'était au moins pour nos deux invités.

— Allons-y, dit Mamie dont les yeux pétillaient d'excitation. Il me tarde de résoudre des énigmes.

Je lui avais déjà dit tout ce qu'elle avait besoin de savoir au téléphone ce matin-là, et elle était maintenant prête à l'action.

— Bon.

Je concentrai mon regard sur Octo-Chat, qui détourna les yeux.

— Octo-Chat, répétai-je pour attirer son attention. Si tu veux que ça aille vite, il faut que tu sois attentif.

Il se tourna vers moi avec les oreilles en arrière et la queue ébouriffée.

— Très bien. Que veux-tu que je demande à ces deux merveilles chauves?

— Demande-leur qui a tué leurs propriétaires, dis-je avec l'air impatient que j'avais perfectionné pendant mon adolescence.

Mamie gloussa joyeusement et Octo-Chat resta assis sur ses genoux pendant qu'il criait aux sphinx.

Ils restèrent dans leur coin sombre comme s'ils y étaient collés. Il fallut bien plus d'échanges avec eux qu'avec notre ancien témoin terrier, et je dois admettre que je m'ennuyais un peu à mesure que les minutes s'écoulaient sans réponse.

Octo-Chat me regarda soudain, ses moustaches tressaillirent et il ne semblait pas content.

— Je le savais! s'écria-t-il. Tu pensais que j'étais raciste ou je ne sais quoi, mais mon intuition était totalement juste.

— Que veux-tu dire? demandai-je en frottant mes jambes pour réveiller mes terminaisons nerveuses endormies.

Mamie observa Octo-Chat avec une admiration très affectueuse lorsqu'il révéla :

— Ils ont tué la sénatrice.

— Oh, arrête! criai-je.

Allait-il vraiment remettre ça?

Il resta inflexible en insistant sur leur culpabilité.

— Non, vraiment. Ils viennent de l'avouer.

— Oui? Alors, raconte-moi ce qu'ils ont dit, ordonnai-je en regrettant de devoir dépendre de sa traduction alors qu'il était très clairement biaisé.

— Ce serait plus facile si tu voulais bien me prendre au mot, tu sais? Mais d'accord.

Il soupira puis récita leur dernière devinette.

— *Excusez-nous de vous dire ce qui paraît fou, mais la culpabilité est chez ceux que vous avez devant vous.*

Il avait raison, bien sûr. La réponse était évidente, mais...

— Ce n'est même pas vraiment une devinette, dis-je sombrement. C'est juste une rime.

— Bon sang. Ils viennent de te faire un aveu et il est relativement direct pour eux. Que veux-tu de plus ?

— Repose la question d'une autre façon, demandai-je avant de chuchoter à Mamie pour la mettre au courant pendant qu'Octo-Chat parlait un peu plus avec les sphinx.

Quelques minutes supplémentaires s'écoulèrent avant qu'Octo-Chat s'adresse à nouveau à moi.

— Eh bien, Angela. Ils ont dit : « *Vous ne nous avez pas crus la première fois, mais vous savez déjà qui sont les auteurs de l'assassinat.* »

Octo-Chat agita vivement la queue contre la jambe de Mamie et elle arrêta brusquement de le caresser.

— Ça te suffit, maintenant ? demanda-t-il avec de grands yeux.

— Pas tout à fait, répondis-je à son grand mécontentement. Ils disent que nous le savons déjà, mais j'ai toute une liste de suspects. Cela pourrait être monsieur Thompson, ou Matt, ou même l'officier Bouchard.

— Ou bien les deux tarés qui viennent d'avouer le meurtre, cracha-t-il en leur jetant un regard froid, qu'il fit suivre d'un sifflement.

— Qu'en penses-tu, Mamie ? demandai-je après lui avoir répété le dernier indice.

— Ouf, gémit-elle en se frottant les tempes. Je n'ai jamais été très douée pour les devinettes. Vous pourriez tous les deux avoir raison avec votre interprétation.

Je me mordis la lèvre inférieure en réfléchissant à ce qu'il fallait faire.

— D'accord, que penses-tu de ça ? dis-je en attendant qu'Octo-Chat reporte son attention sur moi. Demande-leur comment ils l'ont tuée. Pas comment elle est morte, mais comment *ils* l'ont tuée.

— Nous le savons déjà, dit-il d'une voix dégoulinante de dédain.

J'agitai le poing dans sa direction et je grognai, ce qui suffit à le faire coopérer pendant un peu plus longtemps.

Quand il revint vers moi avec leur message, il le relaya sans aucun commentaire :

— *Ça monte et ça descend en même temps, c'est là la réponse que je vous apprends.*

— Les escaliers, notai-je en reconnaissant une version de la devinette que nous faisions à l'école.

D'accord, ça, c'est *où*. J'ai toujours besoin de savoir *comment*.

Il pointa une patte dans ma direction.

— Tu es insupportable. Le sais-tu ?

Je compris que sa patience ne tenait qu'à un fil bien effiloché — tout comme la mienne — mais nous n'avions pas terminé.

— Mais c'est pas vrai ! Pose-leur la question, s'il te plaît ! explosai-je.

J'avais supposé à tort que son affection pour la sénatrice allait le rendre plus coopératif, cette fois. D'un autre côté, il avait été certain d'avoir déjà résolu l'affaire tout seul. Qui avait besoin de faits et de témoignages quand on avait déjà un ego de la taille de son pays ?

Octo-Chat gémit en disant :

— Tu m'en dois une. Tu me devras une très grande faveur pour ça.

— Plus grande que la villa que tu as exigée après ton dernier service rendu ? rétorquai-je en refusant d'être vaincue par mon chat... encore.

Il leva les yeux au ciel, mais révéla la devinette suivante malgré ses protestations.

— « *Le pied sûr et le cœur léger, voilà comment elle est tombée.* »

— Maintenant j'ai l'impression qu'ils se

contentent de me renvoyer ma question. Ça va prendre une éternité, râlai-je en me réinstallant sur le sol inconfortable.

Il me tardait de remplir cette pièce avec des meubles confortables et des étagères de livres d'un mur à l'autre. J'aurais pu m'asseoir sur la banquette de fenêtre si Mamie ne s'était pas déjà installée parterre. Comme j'étais plus jeune qu'elle de plus de quarante-cinq ans, je n'aurais pas dû avoir autant de mal.

Elle se pencha en avant et posa une main sur mon genou.

— Ma chérie, si tu as confiance en ton chat, laisse-le se charger de toute la conversation. J'ai l'impression que ce sera plus facile pour tout le monde.

Si j'avais confiance en lui. C'était un énorme *si*. Colossal, même.

Octo-Chat avait manifestement pris sa décision avant d'apprendre tous les détails de la mort de Harlow. Malgré tout, je ne pouvais nier que les sphinx semblaient avouer le crime à leur façon détournée.

— Tu as raison, dis-je à Mamie avec un petit sourire, puis à Octo-Chat :

— Tu n'es pas obligé de traduire pour moi. Parle avec eux, tu me raconteras tout après.

Il m'observa avec méfiance, puis il quitta les

genoux de Mamie et rejoignit nos deux témoins chauves dans le coin. Après plusieurs minutes de miaulements divers, il revint en trottinant et s'installa une fois de plus sur les genoux de Mamie.

— Ils l'ont fait. Ils l'ont tuée en la faisant trébucher quand elle était dans les escaliers. Ils sont désolés et disent se sentir vraiment mal. J'ai beau les détester, je n'ai pas l'impression que c'était volontaire, mais qui sait ?

— Merci, murmurai-je.

Je me sentis un peu mieux, car il avait reconnu un point. Au départ, il avait été certain qu'ils avaient tué leur maîtresse de sang-froid. Maintenant, il affirmait que c'était accidentel. Toute cette enquête était-elle vraiment vaine ? Mon intuition se trompait-elle à ce point ? J'étais censée m'améliorer à chaque affaire, pas empirer.

Juste à ce moment-là, le téléphone vibra dans ma poche. Je le sortis et je lus le nouveau texto de ma mère qui s'affichait à l'écran :

La police annonce que la mort de H était un accident. J'arrive.

Bon, voilà ma réponse.

Je passai mon téléphone à Mamie afin qu'elle puisse voir le message, elle aussi.

— Tu crois que c'est faux, ma chérie, m'informa-t-elle en posant Octo-Chat sur le côté afin de se lever du plancher en un seul mouvement fluide.

Je luttai pour me lever avec bien moins de grâce.

— Je ne sais plus ce que je crois, avouai-je.

Les derniers jours s'étaient écoulés dans un tourbillon vertigineux, depuis le déménagement à l'espionnage et tout ce qu'il y avait entre. Mon esprit et mon corps étaient épuisés. Était-il possible que je voie des indices là où il n'y en avait pas?

Un seul regard vers Mamie m'indiqua qu'elle n'avait pas encore laissé tomber.

Et cela suffit à me pousser à continuer, moi aussi.

14

Maman arriva environ dix minutes plus tard. C'était un avantage des petites villes comme Glendale... il ne fallait jamais longtemps pour arriver quelque part. J'étais un peu éloignée de l'action au centre du village, maintenant que je vivais dans la partie Est plus huppée, mais tout restait incroyablement proche et en général, il y avait assez peu de circulation.

Mamie traversa le vestibule en sautillant pour la laisser entrer, ce qui ne sembla pas faire plaisir à maman.

— Angie? demanda-t-elle en débarquant dans le salon où elle me trouva assise avec mon Smartphone. Que fait-elle ici?

Ce n'était pas son moment le plus poli, mais ma

mère et Mamie préféraient elles aussi se voir à petites doses. Apparemment, les types de personnalité de ma famille sautaient une génération, alors si j'avais moi aussi un jour une fille, j'allais me retrouver avec une fillette qui était à la fois trop bavarde et trop ambitieuse pour son propre bien. Mamie et moi avions eu le gène de l'excentricité, et ça me convenait très bien.

— Nous parlions de la mort de la sénatrice, répondis-je, détestant la façon dont retombaient les coins de la bouche de ma mère.

— Je pensais que nous travaillions ensemble sur l'affaire? dit-elle, son assurance habituelle semblant émoussée.

Elle jeta un coup d'œil vers la porte comme si elle se demandait s'il valait mieux fuir.

— C'est ce que nous faisions, dis-je avec douceur, détestant l'avoir blessée encore une fois. Je veux dire, c'est ce que nous faisons, mais...

Mamie passa devant ma mère et se laissa tomber sur le canapé.

— Oh, arrête ça, Laura Jean. Nous sommes toutes dans le même bateau. N'est-ce pas?

Elle tapota la place à côté d'elle et fit signe à ma mère de nous rejoindre.

— C'est vrai, ajoutai-je en serrant ma mère dans mes bras pour lui remonter le moral.

— De plus, Mamie n'est pas là depuis longtemps. N'est-ce pas ?

— Tout à fait, répondit Mamie avec un clin d'œil que ma mère avait sûrement vu.

Soupir.

— Bon, dit ma mère en secouant la tête et en l'inclinant de chaque côté – soi-disant un tic nerveux qu'elle avait développé quand j'étais toute petite. Tant que je fais encore partie du club : j'ai des nouvelles.

Elle passa la main dans son sac et en sortit un bloc-notes.

— Tout d'abord, la mort a été prononcée comme étant un accident. Ils pensent qu'elle avait peut-être trop bu lors d'un gala de charité, puis qu'elle a trébuché et qu'elle est tombée dans les escaliers.

Trébuché sur ses chats, pensai-je, mais je ne dis rien. Je n'étais toujours pas prête à parler à Octo-Chat devant ma mère et je ne voulais pas encourager des questions qui allaient soit me pousser à le faire, soit m'obliger à lui dire *non* alors qu'elle était manifestement déjà vexée.

— Le plus proche parent est arrivé hier soir, poursuivit ma mère. Matthew Harlow, un commercial divorcé de Chicago.

Je hochai la tête sans rien dire.

— Le comté a assigné des policiers pour garder

l'endroit quand il n'est pas chez lui, continua ma mère.

— Une surveillance policière. Pourquoi?

Je me souvins avoir vu l'officier Bouchard là-bas la veille, et comme j'avais trouvé cela troublant. Cependant, il n'y avait eu personne quand j'étais passée ce matin. Enfin, en dehors de Brock, l'homme à tout faire.

Elle posa son bloc-notes et me regarda dans les yeux.

— Parce que la sénatrice était une personne très connue dans la zone, ils s'inquiètent que les gens puissent venir voler ou prendre des souvenirs. Le fait qu'elle possédait une des plus belles maisons de tout Glendale n'aide pas.

Ma mère écarquilla les yeux en me regardant. *Tout comme toi*, me criait son langage corporel.

— Que faisons-nous maintenant, alors? demandai-je en me sentant à nouveau envahie par ce sentiment de déception familier.

J'aurais dû être heureuse que la mort soit résolue, mais quelque chose ne me convenait toujours pas.

— Affaire résolue?

— *Ha!* cria ma mère. Peu probable! Ils peuvent dire que c'est un accident autant qu'ils veulent, mais je sais qu'il se passe quelque chose de louche.

Je souris et je tapai dans la main de ma mère. J'étais ravie que nous soyons d'accord sur ce point crucial.

— Et quand les policiers ne font pas leur devoir, il est de la responsabilité des journalistes de trouver la vérité. N'est-ce pas, ma chère? dit Mamie avec un sourire mielleux.

— Exactement, rétorqua ma mère, même si elle semblait moins sûre d'elle, maintenant.

— Je suis d'accord, dis-je en attrapant mon téléphone et en le tendant à ma mère. Voici mes notes. Bien sûr, j'ai des choses à ajouter après avoir parlé avec Matt cet après-midi.

— Tu as rencontré Matt? Sans moi? Ma mère secoua la tête et se concentra sur le téléphone, mais je voyais que je l'avais vraiment blessée.

— Je suis désolée, maman.

Et j'étais sincère. Je devais faire plus d'efforts, maintenant que nous avions commencé à passer plus de temps ensemble, maintenant que nous partagions un intérêt commun.

— Ça n'a pas exactement été prévu.

— Elle l'a croisé dans la forêt hier soir, dit Mamie en se penchant en avant et en serrant ses mains ensemble.

— *Mamie*, criai-je. Peux-tu s'il te plaît arrêter de m'aider?

Je renseignai ma mère sur tout ce qu'elle avait raté au cours du dernier jour et demi.

— Pardon de ne pas t'avoir appelée plus tôt. Les choses se sont enchaînées, expliquai-je pour terminer.

— Merci de m'avoir mise au courant, dit-elle un peu trop cordialement. Mais je devrais sans doute partir. Au revoir, maman, dit-elle à Mamie qui resta assise à sa place pendant que je raccompagnais ma mère à la porte et que je lui dis au revoir.

— Pourquoi fais-tu ça? demandai-je à ma grand-mère en revenant. Tu sais que ça l'ennuie.

— C'est pour ça que je le fais, gloussa Mamie.

Je posais les deux mains sur les hanches et je l'observai.

— Quoi? Elle te fait la même chose! insista Mamie, et elle avait raison.

— Il nous faut peut-être toutes travailler un peu plus pour nous entendre.

Je retombai sur mon fauteuil avec un soupir.

— Je veux dire, nous sommes toutes des adultes ici.

— Comme tu voudras.

— Super.

Maintenant que Mamie avait été grondée, cela nous ramenait à la question suivante :

— Alors, veux-tu s'il te plaît rester cette nuit ?

Mamie eut un air espiègle en riant et elle demanda :

— Pour te protéger des monstres sous ton lit ?

Je lui jetai un regard noir, refusant de jouer à ces petits jeux.

— Tu sais très bien pourquoi.

— C'est vrai, avoua-t-elle en hochant la tête d'un air pensif.

Elle sembla soudain s'assombrir.

— Il fallait juste que je lâche une dernière pique. Je promets d'être plus gentille à partir de maintenant.

— Et tu resteras ? demandai-je en ne cherchant pas à cacher que c'était important pour moi.

Mamie hocha la tête.

— Je vais rester.

Je laissai échapper un énorme soupir de soulagement juste au moment où Octo-Chat revenait du coin où il s'était caché pendant la visite de ma mère. Je supposai que c'était parce qu'il ne lui avait toujours pas pardonné l'incident de la tasse de thé de la veille.

— Euh, bonjour. Salut. Qu'allons-nous faire avec les deux meurtriers que tu as invités à vivre avec nous? demanda-t-il en hochant la tête vers les escaliers.

— Oh, Jacques et Jillianne! m'exclamai-je. Je suppose que nous devrions les laisser sortir de la bibliothèque maintenant. *Hein?*

Il fit plusieurs pas en arrière et plissa les yeux avec colère, comme si je venais de le punir en l'aspergeant avec une bouteille d'eau. Chose que je n'aurais jamais osé faire... d'autant plus maintenant que je savais qu'il pouvait facilement me tuer s'il en avait envie.

— Absolument pas, dit-il fermement.

— Mais tu as admis que c'était un accident, lui rappelai-je en me levant lentement sur mes pauvres pieds fatigués.

Octo-Chat agita si violemment la queue qu'elle ressemblait à un de ces personnages gonflables géants aux bras qui ondulent devant les garages automobiles.

— Oui, et veux-tu qu'ils te tuent accidentellement? Tu n'as qu'une seule vie, n'est-ce pas?

— D'accord, tu n'as pas tort.

Je voulais bien lui concéder cela. Même si je compatissais avec les sphinx, je n'avais vraiment pas envie de mourir aujourd'hui.

Mamie observa la discussion entre mon chat et

moi d'un air amusé, même si elle ne comprenait qu'un seul côté de la conversation.

— Si les deux sphinx restent ici, nous devrions leur apporter de l'eau et de la nourriture. Et une litière, ajouta-t-elle.

— Bonne idée.

Ils étaient nos invités. La moindre des choses était de les mettre un peu plus à l'aise.

— Octo-Chat, où avons-nous rangé ta litière de rechange ?

— Oh, non. Pas moyen. Hors de question. Tu plaisantes, j'espère ? Si tu leur donnes ma litière, je ferais bien attention à utiliser ton lit pour toutes mes affaires de chat à partir de maintenant.

Eh bien, ce n'était pas ce que je voulais, mais je trouvais aussi totalement inutile d'aller au magasin pour acheter de nouvelles affaires quand nous avions tout le nécessaire ici.

Je soupirai et je posai une question que j'allais certainement regretter.

— Que veux-tu que je fasse ?

— Je veux que tu les renvoies chez eux. Je n'aime pas les avoir ici.

Il était toujours tendu, se tenant entre les escaliers et moi.

— Mais ne veux-tu pas découvrir qui a tué la

sénatrice? demandai-je en me rapprochant de quelques pas.

— Euh, allô? Nous savons qui a tué la sénatrice.

Je réfléchis à cela. Il restait peut-être encore un moyen de le faire changer d'avis.

— Dans ce cas, ne devrions-nous pas les garder sous clé jusqu'à ce qu'ils puissent... euh, passer en jugement?

Je savais que j'allais le toucher. Je ne savais pas du tout ce que les animaux faisaient normalement pour rendre la justice, mais je savais qu'Octo-Chat était un grand fan des séries télévisées juridiques. Avec un peu de chance, faire appel à son amour pour tout ce qui était en rapport avec les crimes et les punitions allait le convaincre de voir les choses à ma façon.

— Oh, Angela, tu as tout à fait raison, lâcha-t-il, comme secoué par cette révélation. Je vais aller monter la garde.

— Il va surveiller la porte, expliquai-je à Mamie en me demandant comment je venais d'ajouter gardienne de prison pour chats à mon CV et si ça pouvait un jour être utile.

Enfin, Octo-Chat était occupé, au moins.

Pour l'instant.

15

Je dormais mieux en présence de Mamie. Je verrouillais néanmoins la porte de ma tour, mais nous avions fait des progrès quant à la transformation du manoir géant en maison. Mes cartons allaient bientôt être tous déballés, Mamie allait officiellement emménager avec toutes ses babioles colorées qui me rappelaient mon enfance, et avec un peu de chance, nous allions aussi attraper l'assassin de Harlow.

Dernièrement, c'était ce dont je rêvais — ou en tout cas le sujet de mes cauchemars.

En me sentant merveilleusement reposée, je m'éveillai le lendemain matin dans l'odeur la plus glorieuse de toute l'histoire humaine.

Le café !

Je me précipitai vers la cuisine en descendant les marches deux à deux. Là, je trouvai ma chère, adorable et magnifique Mamie avec un tablier à pois attaché autour de sa taille fine et un pot de café géant et brûlant dans la main.

— Bonjour, chantonna-t-elle.

Je lui aurais donné le câlin ultime si je n'avais pas eu peur de faire tomber du café. J'avais été si pressée pour tout déménager à temps que je n'avais pas réfléchi à ce que cela impliquait d'avoir ma grand-mère pour colocataire. J'avais beau être terrifiée par les cafetières après mon expérience de mort imminente, cette boisson délicieuse et vivifiante me manquait. Et maintenant, grâce à Mamie, je pouvais en avoir.

— Merci, merci, merci, m'écriai-je lorsqu'elle attrapa ma tasse de *folle aux chats* fraîchement lavée pour me servir. Où avons-nous récupéré cette cafetière, au fait ? demandai-je après la première gorgée paradisiaque.

— Je l'ai apportée, expliqua-t-elle en se penchant pour vérifier ce qu'il y avait dans le four.

Au départ, je n'avais rien senti à cause de l'arôme ensorcelant du café, mais maintenant que je m'y étais habituée un peu, l'odeur du cake à la banane était facilement reconnaissable.

— Tu as toujours peur des cafetières, n'est-ce pas? demanda Mamie en se tournant vers moi avec un grand sourire.

Elle avait toujours été du matin. Moi, pas tellement.

Je hochai la tête, trop heureuse de boire une autre gorgée réjouissante pour avoir honte.

— Eh bien, dans ce cas, je suppose qu'il me faudra simplement m'occuper du petit-déjeuner à partir de maintenant, déclara-t-elle en continuant à se déplacer dans la cuisine comme si elle lui appartenait.

Ce qui était vrai, d'une certaine façon.

— Hé, dis-je après avoir consommé assez de caféine pour réveiller mon cerveau. Où as-tu dormi hier soir?

J'avais fait vider la vieille chambre d'Ethel et comme Mamie n'avait pas encore officiellement emménagé, les meubles de sa chambre n'étaient pas non plus arrivés.

— J'ai logé avec nos deux invités chauves, dit-elle avec une lueur dans les yeux pendant qu'elle me pinçait le biceps. Cette banquette de fenêtre était très confortable.

— Mamie, la grondai-je. Tu n'es pas censée dormir là-bas.

Elle balaya mon inquiétude en agitant un torchon dans ma direction.

— J'ai parfaitement bien dormi, merci.

— Quoi qu'il en soit, je devrais sans doute appeler quelqu'un pour au moins déménager ton lit ici.

Je vidai le reste de ma tasse en réfléchissant.

Quand elle vit que j'avais terminé, Mamie me prit immédiatement la tasse des mains et la remplit.

— Oh, je pourrais le demander à Brock, pensai-je pendant que mon cerveau continuait à se réveiller. Il prévoit déjà de passer aujourd'hui, il va me donner quelques devis pour des rénovations par ici. Je suis sûre qu'il acceptera de porter ce que tu voudras dans son camion.

Soudain, je me souvins d'autre chose dont nous n'avions pas encore parlé.

— Quand je l'ai croisé hier, il a dit que tu avais eu une offre pour ta maison ?

Mamie jubila à cette nouvelle.

— Tout à fait. Et je parie que tu ne devineras jamais qui.

Normalement, je n'aimais pas devoir deviner, mais j'étais encore si heureuse à cause du café que je participai volontiers.

— Papa et maman ?

— *Ha !* Comme s'ils allaient quitter leur demeure au bord de la baie. Devine encore.

Elle essuya distraitement le comptoir en me regardant chercher une réponse.

— Est-ce quelqu'un avec qui je suis allée à l'école ? hasardai-je.

Je ne voyais personne en ville que je connaissais et qui cherchait une nouvelle maison, alors je coinçai.

Mamie sourit et secoua la tête.

— Non, mais c'est quelqu'un que nous connaissons toutes les deux. Quelqu'un qui est plutôt beau.

Je m'appuyais contre le comptoir avec la tasse toujours dans les mains.

— *Mmm.*

Mamie aimait flirter et d'après mes derniers calculs, elle trouvait que la moitié des habitants de la ville étaient beaux. Je savais que son dernier béguin était pour le bien plus jeune officier Bouchard, mais il ne me semblait pas être du genre à apprécier une maison rétro et chaleureuse de style Cap Cod dans un quartier enclavé.

Incapable de maîtriser son excitation plus longtemps, Mamie fit sa grande révélation.

— Eh bien, c'est notre cher Charles !

Sa plaisanterie me fit rire, mais Mamie continua à me fixer avec franchise.

— Attends. Tu es sérieuse?

Elle hocha la tête avec enthousiasme et fit un petit tour de joie sur elle-même.

— Tout à fait sérieuse. Il a dit qu'il était temps qu'il s'ancre dans la région maintenant qu'il était devenu associé.

— Mamie, c'est merveilleux! criai-je en dansant avec elle, maintenant. Comme nous sommes tous amis, tu pourras rendre visite à ton ancienne maison de temps en temps.

— Oh, je compte là-dessus, rétorqua-t-elle avec une lueur espiègle dans les yeux.

Elle entama quelques pas de fox-trot rapides que j'étais totalement incapable d'imiter.

— Une fin heureuse pour tout le monde, conclut-elle.

Quelqu'un frappa doucement à la porte d'entrée, attirant notre attention.

— J'y vais, dis-je à Mamie en posant une main sur son épaule quand elle arrêta de bouger. Reste avec le cake à la banane. Je veux un morceau dès qu'il sort du four.

— Compris, chef, dit-elle en me faisant un salut militaire pour une raison que j'ignorais.

D'un autre côté, quand je comprenais ne serait-ce que la moitié des combines de ma grand-mère, c'était une bonne journée. Jusqu'ici, nous étions très bien parties.

Je marchai pieds nus vers le vestibule, la tête ébouriffée et une tasse à moitié pleine de café dans la main. Quand je vis qui était là à travers le vitrail, mon cœur s'arrêta de battre. D'accord, pas vraiment, mais il aurait pu, étant donné le choc et l'horreur que je ressentis à ce moment-là.

Brock me vit avant que je puisse me baisser hors de sa vue et il me salua de la main. C'était trop tard pour faire marche arrière. *Oh, crotte.*

Je tournai le dos et j'essuyai le sommeil de mes yeux, puis j'affichai mon meilleur sourire bouche fermée et j'ouvris la porte.

— Bonjour.

— J'espère que je ne viens pas trop tôt, dit-il en me dévisageant de la tête aux pieds parce que je portais mon pantalon de pyjama rose fluo et un débardeur à bretelles fines.

— Non, tu es pile à l'heure. Entre. Mamie ! criai-je vers la cuisine. Brock est ici et nous montons à l'étage.

— D'accord, patron ! répondit-elle en criant à son tour.

Brock fronça les sourcils et il posa la main sur la rampe de l'escalier avant de s'arrêter sur place.

— Oui, à ce sujet... Peux-tu s'il te plaît ne plus m'appeler Brock ?

Cela me surprit tellement que j'oubliai mon désir de garder la bouche fermée tant que je ne m'étais pas brossé les dents.

— Quoi ? Pourquoi pas ? N'est-ce pas ton nom ?

Il inspira avant d'avouer :

— C'est le cas, mais le nom est tellement associé au procès maintenant, que j'ai envie de grimacer chaque fois que je l'entends.

Je le comprenais tout à fait. Cet homme avait été accusé d'un double homicide, et pendant des mois tout le monde à Glendale avait été convaincu de sa culpabilité. Je ne lui en voulais pas de trouver un moyen de redémarrer à zéro.

— Oh, bien sûr. Comment dois-je t'appeler à la place ? demandai-je avec un autre sourire bouche fermée.

Il laissa échapper un grand soupir de soulagement.

— Pourquoi pas Cal ? C'est un diminutif de Calhoun, alors c'est toujours mon nom, mais il n'est pas entaché comme la version plus longue.

— C'est compris, Cal, notai-je avant de faire claquer ma langue de façon ringarde en pointant mon doigt sur lui comme un faux pistolet.

Vraiment pas cool.

Il sembla trouver cela attendrissant, car il rit.

— Merci, Ang.

Nous montâmes jusqu'à la chambre qui servait à la fois de future bibliothèque et de prison pour chats improvisée. Octo-Chat était posté devant la porte, donnant l'impression de ne pas avoir fermé l'œil de la nuit. C'était comme de ne pas dormir pendant plusieurs jours, s'il avait été humain. Je frissonnai en pensant comme il allait être grognon tant que nos invités sphinx n'étaient pas relâchés — ou au moins transférés jusqu'à une autre prison.

— Va dormir, toi, lui dis-je d'une voix toute mignonne, comme une propriétaire normale pourrait utiliser en parlant à un chat normal.

Il bâilla et s'éloigna en traînant les pattes.

EN entrant, je fis très attention à ce que les sphinx ne s'échappent pas, puis je me tournai vers Brock et j'expliquai :

— Ceci est ma pièce préférée de toute la maison. Je veux construire des étagères directement sur les murs, remettre le plancher en état, ajouter des éclairages et transformer cela en bibliothèque. Qu'en penses-tu ?

— C'est l'endroit parfait pour ça, dit-il en tournant lentement en rond au milieu de la pièce. Hé, ce sont les chats de la sénatrice, non? demanda-t-il en apercevant Jacques et Jillianne qui tremblaient dans leur coin glacial préféré.

— C'est une longue histoire, expliquai-je en repartant vers la porte. Peux-tu s'il te plaît prendre quelques mesures vite fait? Je reviens dans cinq minutes.

Quand il eut donné son accord, je fermai la porte derrière moi et je filai jusqu'à la salle de bains pour me brosser les cheveux et les dents. J'aspergeai aussi mon visage d'un peu d'eau froide, mais je décidai que faire plus était sans doute exagéré.

— Je pense que je peux arriver à faire le travail que tu souhaites, dit Brock — oups, *Cal* — quand je revins.

Il se tenait à côté de la banquette de fenêtre qui donnait sur le jardin magnifiquement entretenu. On voyait tout juste l'océan au-delà des cimes des arbres, et c'était magnifique.

— Fabuleux, dis-je en le rejoignant à la fenêtre et en ressentant un petit frisson d'excitation.

Même avec la caféine qui filait dans mes veines, j'étais un peu muette à côté de ce bel homme.

— Combien ça coûterait et quand peux-tu commencer?

Il annonça un nombre qui me noua l'estomac

jusqu'à ce qu'il explique que cela comprenait le prix des étagères sur mesure dont j'avais besoin sur mes murs. Après cela, j'eus l'impression de faire une affaire. Je n'arrivais pas à croire que ce prince allait construire la bibliothèque de mes rêves.

Les rêves pouvaient vraiment devenir réalité.

On se serra la main pour conclure le marché, puis il dit :

— Il est assez tôt pour que je puisse commencer aujourd'hui. Comme je l'ai dit, il n'y a pas foule pour m'engager, étant donné mon passé récent.

— Marché conclu, Cal Calhoun, dis-je avec un grand sourire, ravie à l'idée de passer plus de temps avec lui.

En partie parce qu'il serait proche en cas de danger, et en partie parce que je craquais vraiment pour lui, désormais.

— Mamie et moi serons par là en train de déballer les cartons aujourd'hui. Il te suffit de crier si tu as besoin de quoi que ce soit.

— Je ferai ça.

— Oh, et Cal ?

Il fallait que je continue à dire son nouveau nom pour m'y habituer. Plus je le prononçais, plus il me plaisait. C'était simple et attirant, tout comme l'homme lui-même.

— Oui ?

Il retira le mètre ruban qu'il avait apporté et laissa sa longue langue jaune se rembobiner.

— Fais attention aux sphinx. Ce sont de petites saletés, impossibles à attraper, dis-je en répétant les mots de l'officier Bouchard.

Et là-dessus, je me faufilai hors de la pièce et je courus vers ma tour pour trouver la tenue parfaite dans laquelle j'allais nonchalamment croiser mon nouveau béguin plus tard dans la journée.

16

Mon téléphone se mit à sonner agressivement alors que j'étais au milieu de mon shampooing. Je coupai l'eau, j'attrapai ma serviette et je sautai de la douche juste à temps pour répondre à Charles avant que son appel tombe une deuxième fois sur le répondeur.

— Allô? dis-je en dégoulinant sur le carrelage froid.

J'ouvris la vieille fenêtre qui grinça. Cela laissait au moins entrer un peu de chaleur.

— Angie, c'est moi, répondit Charles comme s'il ignorait que les noms s'affichaient automatiquement sur les téléphones, de nos jours.

— Que se passe-t-il? demandai-je en serrant un peu plus ma serviette autour de moi.

Il fallait évidemment que nous ayons cette conversation alors que j'étais mouillée et nue. En connaissant ma chance, j'allais glisser dans une des nombreuses flaques qui se formaient sous moi, me cogner la tête, perdre connaissance, et puis Brock — je veux dire, Cal — allait devoir défoncer la porte pour me sauver. J'allais peut-être même me réveiller avec un deuxième super pouvoir secret, tant que j'y étais.

D'accord, maintenant j'étais nue, mouillée et paniquée. Je me baissai lentement pour m'asseoir sur le bord de la baignoire pendant que Charles expliquait la raison de son appel. Au moins, si je tombais, le trajet serait plus court avant de frapper le sol.

— Pardon de ne pas t'avoir rappelée hier.

J'entendis le bruit d'une porte qui se refermait de son côté. Il marqua une pause avant de continuer :

— Thompson a pris quelques jours de congé pour perte d'un être cher.

— Pour la sénatrice ? demandai-je, ne m'attendant pas à cela de la part de mon patron accro au travail.

— Oui, confirma-t-il d'un ton aussi surpris que je l'étais. Apparemment, ils étaient plus proches que nous ne le savions.

J'inspirai soudain brusquement, perdant presque l'équilibre et luttant pour ne pas tomber.

— Avaient-ils une liaison?

— Oh, arrête, reprit Charles. Thompson et Harlow, vraiment?

— Eh bien, rien n'est impossible, marmonnai-je, sur la défensive.

— Ce n'est pas le sujet, dit-il d'un ton manifestement irrité.

Cela ne m'empêcha pas de poursuivre le fil de mon interrogatoire. Il avait des informations et je devais les connaître le plus vite possible.

— Alors quoi? demandai-je.

— Écoute ça, commença Charles que j'imaginais sourire en marchant dans son bureau.

Il adorait révéler les rebondissements surprenants, la preuve irréfutable. Je me demandais si c'était le cas maintenant.

— Harlow avait l'intention de se retirer de la politique. Elle préparait Thompson pour lui succéder aux élections.

— Thompson? m'exclamai-je. Mais il est horrible avec les gens.

Non seulement il insistait pour appeler tout le monde par son nom de famille, mais il me critiquait souvent ouvertement ainsi que les autres employés du cabinet. Je savais que c'était pour protéger notre réputation, mais tout de même. L'idée qu'il puisse devenir un politicien élu représentant mon État me retournait l'estomac.

— Peut-être, lâcha Charles, apparemment réticent à dénigrer l'associé principal, contrairement à moi. Mais on ne peut nier qu'il est intelligent, et crois-moi ou pas, Harlow et lui partagent une grande partie des mêmes opinions politiques.

— Comme quoi? criai-je, toujours incapable de croire ce qu'il venait de révéler.

— Ils sont amis depuis longtemps. En fait, ils se sont rencontrés il y a plus de trente-cinq ans, quand ils travaillaient tous les deux pour le mouvement de sauvetage des baleines. Thompson a dit qu'il s'agissait de quelques-unes des meilleures années de sa vie.

Voilà encore cette histoire de sauvetage des baleines. Était-ce important? Assez important pour coûter la vie de la bonne sénatrice? Et si oui, Thompson risquait-il d'être la cible suivante?

— Charles? dis-je en sachant que je pouvais lui faire confiance. Penses-tu que la sénatrice a été assassinée parce qu'elle militait pour l'environnement?

— À l'époque où maintenant? rétorqua-t-il, et je compris que son grand et beau cerveau travaillait déjà.

— L'un ou l'autre. Sais-tu quoi que ce soit qui

pourrait nous renseigner sur une raison de vouloir la tuer ?

Il soupira.

— Tu sais que la police a déclaré que sa mort était accidentelle ?

— Oui, mais ça m'étonnerait que tu le croies aussi.

— C'est effectivement suspect.

Il réfléchit un moment avant d'ajouter :

— Suis-tu la politique nationale de près ?

— Pas vraiment, avouai-je. J'ai fait des recherches Google sur la sénatrice et les articles récents qui la mentionnaient, mais je n'ai rien remarqué de particulier.

Il gloussa.

— Eh bien, voici un rapide résumé. La semaine dernière, il a été annoncé qu'une entreprise pétrolière majeure a déposé une demande pour installer un oléoduc. C'est une nouvelle proposition, mais les gens s'inquiètent. Il passerait pour l'essentiel à travers notre État, coupant même le coin de l'un de nos parcs nationaux.

Cela me parut horrible. J'aimais beaucoup mon pays pour sa beauté naturelle et sa proximité avec l'océan, tout comme la sénatrice. Une opération géante pour le pétrole allait gâcher une partie de cela, et pour quoi ?

— Je comprends pourquoi la sénatrice aurait pu ne pas vouloir ça, étant donné son amour pour l'environnement, dis-je à Charles.

— Il faut encore un moment avant de faire voter le projet, mais les grandes sociétés pétrolières font un lobbying important. L'argument est que cela pourrait créer des emplois et nous apporter une autre source d'énergie locale très utile, baissant ainsi notre dépendance au pétrole étranger.

Il expliqua tout cela d'un ton pédant sans le moindre indice sur ce qu'il ressentait. Étant donné qu'il était arrivé récemment de la Californie, je me demandais si Charles était du côté des industriels du pétrole ou des parcs nationaux. Je savais ce que je pensais, de mon côté.

— Mais la sénatrice n'aurait pas été d'accord avec la destruction de l'un de nos parcs nationaux, je suppose.

— Elle ne l'aurait pas du tout été, même s'il ne s'agit que de deux mille hectares et que la proposition d'oléoduc inclut la construction d'un nouveau parc protégé plus loin.

Jouait-il l'avocat du diable de façon purement

hypothétique, ou croyait-il vraiment que l'oléoduc était autre chose qu'un désastre imminent?

Frustrée, je poussai un grognement.

— Quel est l'intérêt de le protéger, si n'importe qui avec assez d'argent peut le détruire sur un coup de tête?

— Je vois ce que tu veux dire, Angie. Vraiment, soupira Charles en marquant une pause. Mais tu dois comprendre que l'équilibre des pouvoirs est mis en place pour une raison, et cela fonctionne. Ce n'est pas un coup de tête. Pour que l'oléoduc soit approuvé, une majorité du Sénat doit voter en sa faveur. Et, comme tu le sais, Harlow n'était qu'une personne parmi une centaine.

Je fis courir les doigts sur les bords doux de la serviette. Ma peau était en train de sécher rapidement pendant cette conversation, mais mes cheveux étaient toujours pleins de shampooing.

— Dans ce cas, pourquoi le meurtrier a-t-il choisi Harlow? demandai-je.

Charles se mit à parler plus bas et j'imaginai que quelqu'un passait devant sa porte et que pour une raison ou pour une autre, il voulait que cette conversation reste privée.

— Laisse-moi une fois de plus te rappeler que nous ne savons pas s'il y a eu un crime, mais si oui, il y aurait de nombreuses raisons pour lesquelles on pourrait choisir Harlow.

Oh, ça devenait intéressant. Charles avait peut-être la preuve irréfutable, finalement.

— Comme? demandai-je avec une curiosité fébrile.

— Tout d'abord, parce que c'est une des deux sénatrices représentant l'État où serait construit l'oléoduc proposé, ses opinions ont un peu plus d'influence, commença-t-il avant de s'arrêter, puis de reprendre d'une voix normale. Il faut ajouter à cela qu'elle était une politicienne essentiellement conservatrice qui allait certainement voter avec les démocrates sur le moindre sujet en lien avec l'environnement... Avec un Sénat divisé comme le nôtre, elle peut très bien avoir le vote décisif. En tout cas, elle aurait pu.

J'entendis frapper à l'autre bout du fil.

— Juste une seconde! cria Charles avant de me dire : Je dois partir.

— Merci, Charles. Ça m'aide beaucoup et j'ai de nombreux éléments de réflexion grâce à toi.

— Angie, attends.

Il marqua une pause. Quand il reprit la parole, sa voix était plus grave et plus sérieuse qu'avant.

— S'il te plaît, fais attention. Si tu as raison et qu'il

y a une espèce d'énorme conspiration politique, tu pourrais te retrouver à être la suivante sur la liste du tueur à gages. Laisse tomber. Je t'en supplie. Laisse les autorités s'occuper de tout ça. D'accord?

— D'accord, répondis-je gentiment en croisant les doigts, au cas où.

Je ne voulais pas inquiéter Charles, mais en même temps, j'étais si près de résoudre l'affaire que ça n'avait aucun sens de laisser tomber maintenant.

— Merci pour le coup de fil. Au revoir.

Je raccrochai avant qu'il puisse argumenter davantage, je finis ma douche, je m'habillai et je partis chercher Mamie.

Avec un peu de chance, cette affaire serait résolue avant la tombée de la nuit.

Et peut-être que pour une fois, la chance était vraiment de mon côté.

17

Pendant une grande partie de l'après-midi, je pensai à tous les gens de la région que l'oléoduc pouvait arranger. Quel gain fallait-il retirer de la situation pour envisager le meurtre comme une option viable?

Je suppose que quelqu'un au chômage pouvait suffisamment vouloir un travail pour prendre une mesure aussi drastique, particulièrement s'il devait nourrir sa famille. Mais la proposition était encore très nouvelle, alors les journaux n'avaient pas beaucoup parlé de ce qui arrivait chez nous. Même si je ne suivais pas les actualités autant que je l'aurais dû, j'apprenais la plupart des faits importants par l'intermédiaire de mes différents comptes sur les réseaux sociaux. Ceci n'avait pas encore fait le tour. En tout cas, pas dans mon réseau.

L'assassin de Harlow devait être quelqu'un de l'intérieur. Quelqu'un qui s'intéressait aux actualités, ou peut-être même qui les communiquait.

En réfléchissant davantage, je passai un coup de fil à ma mère. Malheureusement, je tombai directement sur son répondeur. *Snif.*

Je passai un peu de temps à faire des recherches sur mon ordinateur portable, mais je ne trouvai rien. J'avais l'intention de bientôt parler à Mamie de ma conversation avec Charles, mais elle avait des difficultés à ne pas lever la voix quand elle était enthousiaste. Ses paroles risquaient de résonner dans cette maison géante et parce que Cal travaillait toujours ici dans la bibliothèque, notre discussion allait devoir attendre.

Quand une heure de plus se fut écoulée, j'essayai de rappeler ma mère. Elle n'abandonnait jamais une histoire tant qu'elle n'avait pas atteint une conclusion satisfaisante et, comme c'était elle qui communiquait les nouvelles, elle devait certainement en savoir plus sur cet oléoduc et ses bénéficiaires potentiels.

Toujours pas de chance. *Grr.* Elle devait avoir éteint son téléphone, ce qu'elle ne faisait presque jamais. Papa et elle avaient peut-être décidé de voir un film en matinée dans le nouveau cinéma de la ville voisine.

Troublée et incapable de rester assise et d'attendre plus longtemps, je décidai d'aller voir comment ça se passait à la bibliothèque. Je pouvais peut-être trouver une façon aimable de renvoyer Cal chez lui en avance afin de pouvoir parler de ma découverte récente avec Mamie.

— Toc, toc, criai-je avant de pousser la porte.

La pièce était devenue fraîche et je serrai les bras autour de moi en entrant dans la bibliothèque. Glendale était dans cette partie de l'année spéciale où les journées étaient ensoleillées et chaudes, mais où les températures du matin et du soir tombaient un peu trop bas. La grande fenêtre en saillie était ouverte, ses rideaux fins voletant à l'intérieur.

Cal n'était pas là, et les deux sphinx non plus.

Oh non. Ça n'allait pas du tout.

Je descendis précipitamment les escaliers en cherchant quelqu'un, n'importe qui.

Cal était dehors en train de charger son camion.

— Je reviens demain, si ça te convient, dit-il avant de voir mon air paniqué. Euh, ça ne te convient pas ?

— As-tu laissé la fenêtre ouverte là-haut ? demandai-je.

Ma voix était aiguë et hystérique, ce que je détestais.

— Les chats sont partis.

Il releva le hayon du camion et me jeta un regard peiné.

— Mince. Je suis désolé. Laisse-moi t'aider à les retrouver.

Incapable d'attendre plus longtemps, je fis le tour de mon jardin en espérant trouver nos deux invités disparus pendant que Cal fouillait plus près de la maison. Il avait dû mettre Mamie au courant à un moment, car elle sortit pour nous aider, elle aussi.

— Je n'ai pas laissé la fenêtre ouverte, dit-il quand nous nous croisâmes. Je l'ai brièvement ouverte pour laisser sortir un peu de poussière, mais j'ai gardé un œil sur les chats pendant tout ce temps. Quand je l'ai refermée, ils étaient toujours dans la pièce.

— Je te crois, dis-je, mais ça n'apaisait pas mes inquiétudes.

Qu'allait dire Matt en découvrant que les chats qu'il m'avait suppliée de garder avaient maintenant fugué ?

Qu'il souhaite ou pas les garder, il n'allait certainement pas être ravi que je sois parvenue à perdre un des derniers souvenirs de sa mère.

Je scrutai la forêt, mal à l'aise. Allais-je devoir

affronter ces bois à nouveau ? Octo-Chat accepterait-il de m'aider ? Et où était-il, d'ailleurs ?

J'aperçus une petite voiture de sport rouge devant la villa Harlow. Apparemment, Thompson était venu rendre visite à Matt. Avec un peu de chance, cela allait l'occuper assez longtemps pour que je retrouve les chats disparus. Nous cherchâmes une demi-heure de plus, mais le crépuscule commençait à tomber.

— Encore une fois, je suis vraiment désolé, dit Cal alors que nous n'avions toujours rien trouvé. Puis-je toujours revenir demain ?

— Bien sûr. Et sérieusement, ne t'inquiète pas pour ça. Je sais que ce n'était pas de ta faute, tentai-je de le rassurer.

Il hocha sombrement la tête, puis il marcha vers son camion qui démarra en crachotant.

— Je vais commencer le repas, annonça Mamie en me tapotant l'épaule avec compassion. Ne t'inquiète pas, ma chérie. Je suis certaine qu'ils referont bientôt surface.

Je me mordillai la lèvre en faisant un autre tour de la propriété. Pourquoi ces sphinx étaient-ils aussi doués pour se cacher ? Et pourquoi Octo-Chat n'était-il pas là pour m'aider ?

En laissant enfin tomber, je montai les marches d'un pas lourd et je partis enquêter dans les étages supérieurs de la maison. Peut-être n'étaient-ils pas du tout sortis. Il était possible qu'ils se soient cachés dans un autre coin gelé, frissonnant sans retenue. Sérieusement, pourquoi désiraient-ils toujours avoir froid ?

La maison elle-même avait baissé de plusieurs degrés depuis mon dernier passage. Je découvris à regret que j'avais laissé la fenêtre de la salle de bains grande ouverte après ma discussion avec Charles. Je la refermai et je décidai enfin que j'avais droit à une pause. Je pouvais continuer à chercher plus tard avec des yeux nouveaux. D'abord, il fallait que je m'assoie un peu.

Lorsque je m'approchai des escaliers, une ombre bougea au bout du couloir. Je plissai les yeux en me demandant si j'avais enfin trouvé les sphinx juste au moment où j'allais abandonner. Malheureusement, il ne s'agissait pas des chats, simplement de ma pauvre imagination surmenée. En gardant les yeux rivés sur les magnifiques vitraux du vestibule, je descendis d'une marche en posant directement le pied sur Octo-Chat, qui n'avait pas été là une seconde avant, quand la voie était libre.

Il laissa échapper un terrible cri et j'ajustai vite mon poids pour éviter de lui faire plus mal. Cet ajustement me fit perdre l'équilibre et je dévalai quelques marches avant de me rattraper à mi-chemin.

— Tu as essayé de me tuer! criai-je en tenant ma tête douloureuse.

Je me l'étais cognée — je m'étais *tout* cogné — en descendant.

— Tu as vraiment essayé de me tuer!

Octo-Chat écarquilla les yeux d'horreur.

— C'était un accident, insista-t-il en descendant pour m'examiner de plus près.

Je vis qu'il avait mal, lui aussi, mais il allait survivre.

Moi? J'avais presque été assassinée par mon chat et je ne savais pas du tout pourquoi.

Mamie se précipita dans la pièce.

— Angie, mon Dieu! Est-ce que tout va bien?

— Octo-Chat a essayé de me tuer, criai-je à nouveau.

Comment était-ce possible?

— Non, Angela, non! poursuivit-il en n'agitant même pas la queue et sans aucun autre geste d'irritation. C'était un accident. Il y avait un petit point rouge brillant. Je ne voulais pas…

Soudain, la porte d'entrée s'ouvrit avec fracas. Ma mère se tenait là, illuminée par le soleil couchant, les cheveux ébouriffés et parsemés de petites branches.

— Monte dans la voiture maintenant ! me dit-elle. Maman, tes clés ! ordonna-t-elle à Mamie.

— Je n'ai rien fait ! Je n'ai rien fait ! cria Octo-Chat, mais je pouvais m'occuper de lui plus tard.

Je descendis les marches aussi vite que possible et je sautai sur le siège passager du beau coupé sport rouge de Mamie.

— Que se passe-t-il ? m'écriai-je quand ma mère me rejoignit et enfonça les clés dans le contact.

Le moteur rugit et elle poussa la voiture à plein régime en créant un énorme nuage de poussière derrière nous. Nous démarrâmes si vite que ma tête cogna l'appui-tête. Cela réveilla ma douleur, mais cette douleur physique n'était rien à côté de la curiosité morbide sur la suite des événements.

— Maman ! criai-je en m'accrochant au tableau de bord pendant que nous volions sur mon allée avant de nous engager sur la route devant nous. Que se passe-t-il ?

— J'ai vu qui a essayé de te tuer, dit-elle, et je remarquai pour la première fois qu'elle haletait de fatigue. J'étais dans les bois et je suis venue en courant à la seconde où je l'ai vu se glisser hors de ta fenêtre. Il a tué Harlow et il essaie maintenant de te tuer. Ma propre fille ! Si je l'attrape avant la police, il est mort.

— Maman ! hurlai-je encore pour m'assurer que je pouvais être entendue malgré le bruit du moteur.

Elle tourna encore brusquement et la belle petite voiture de Mamie zigzagua sur la grande route qui traversait Glendale.

— Qui ? Qui a essayé de me tuer ?

Elle serrait le volant avec tant de force que ses articulations blanchissaient, mais elle colla tout de même le pied au plancher. Nous traversâmes la voie de chemin de fer et ma mère perdit presque le contrôle du véhicule. Malgré tout, nous avancions très vite, plus vite que ce que devrait pouvoir faire une voiture.

— Allez, allez, marmonna-t-elle en serrant les dents.

Des sirènes retentirent derrière nous et je reconnus une des voitures de patrouille du comté. Elle se mit à nous suivre et gagna rapidement de la vitesse.

— Maman ! criai-je.

Je ne savais toujours pas ce qu'il se passait, mais j'avais l'impression d'avoir été sauvée d'un assassinat pour atterrir dans un autre.

— Stop ! La police est derrière nous !

— Bien, dit-elle en inspirant profondément avant d'accélérer encore.

Le compteur s'approchait dangereusement de la marque des deux cent cinquante kilomètres-heure. Comment était-ce possible? Pourquoi faisions-nous ça?

Je fus saisie de panique pendant que nous continuions notre folle cavalcade. Oh, mon Dieu, quelqu'un avait essayé de me tuer, et maintenant j'allais mourir à cause de la conduite insensée de ma mère.

— Où a-t-il pu aller? me cria ma mère. Où peut-il aller ensuite?

— Qui? hurlai-je encore.

Je ne comprenais toujours rien.

— Ton patron, répondit-elle en changeant de voie sans se gêner. Richard Thompson.

18

’étais sous le choc pendant que mon corps heurtait la portière et ma ceinture s'enfonçait dans ma poitrine. Maman pensait-elle vraiment que mon patron avait essayé de me tuer? Ça ne pouvait pas être possible. Octo-Chat m'avait fait trébucher. Je n'avais pas vu Thompson ce jour-là.

— Maman, dis-je en haletant. Je ne sais pas ce que tu as vu, mais Thompson n'a pas été chez moi.

— Si, il y a été, cria-t-elle en tournant à nouveau brusquement.

Je compris alors que nous roulions vers le cabinet. La voiture de police restait collée derrière nous. Je me retournai et je vis le visage déterminé de l'officier Raines qui nous poursuivait. Maman et elle étaient déjà parties du mauvais pied, et après cette course-poursuite improvisée, elles ne pourraient jamais s'entendre, quoi qu'il arrive ensuite.

— Je ne sais pas comment il est entré, continua maman. Mais il est sorti par la fenêtre.

— Quand? suppliai-je en ne comprenant toujours pas.

Comment était-ce possible?

— Environ deux minutes avant que j'arrive à ta porte, révéla-t-elle en ralentissant légèrement lorsque nous passâmes devant le cabinet. La voiture de Thompson n'était pas là-bas.

Le timing dont parlait ma mère correspondait plutôt bien avec ma chute, mais...

— Il n'y avait aucune voiture. Je n'ai vu ni entendu personne partir avant nous, insistai-je.

Même si Thompson avait réussi à entrer et sortir de ma maison sans être repéré, il n'était parti nulle part dans sa petite voiture de sport rouge. Je ne manquai pas de remarquer l'ironie de la poursuivante et du poursuivi ayant exactement le même genre de véhicule. Quelle course-poursuite cela aurait pu être, si Thompson avait réellement participé.

— Bien sûr, cria ma mère en faisant faire demi-tour à la voiture comme dans un film d'action. Il est toujours à pied! Nous devons retourner là-bas! Ta grand-mère!

Je fus saisie de peur en pensant à ma pauvre grand-mère vulnérable toute seule avec un tueur. C'était une dure, mais ce n'était qu'une façade. S'il l'attaquait physiquement, elle n'avait aucune chance.

Les sirènes retentirent encore derrière nous.

— Garez votre voiture sur le bas-côté, ordonna l'officier Raines dans le haut-parleur.

— Allez, maman, dis-je en m'agrippant toujours au tableau de bord. Ramène-nous auprès de Mamie !

Je ne savais pas du tout où ma mère avait appris ses incroyables capacités à faire des cascades en voiture, mais elle nous ramena au manoir en un temps record, ce qui n'était pas rien, car nous en étions aussi parties comme des bombes.

Dès que la voiture s'arrêta en faisant crisser les pneus, je sautai au-dehors et je courus vers la maison en trébuchant sur les marches de la terrasse.

— Mamie ! criai-je. Est-ce que tu vas bien ? Je t'en supplie !

Mamie apparut dans l'embrasure de la porte avec son tablier à pois. Elle s'essuyait les mains sur un torchon.

— Bien sûr que je vais bien, ma chérie. Je terminais juste le dîner. Ta mère et toi vous vous êtes amusées pendant votre folle course-poursuite ?

Je la serrai fort, mais je fus vite tirée en arrière par

l'officier Raines qui était très en colère. D'une façon ou d'une autre, elle avait déjà menotté et plaqué ma mère au sol.

— Stop ! hurlai-je. Nous ne sommes pas les méchants !

L'agente de police me menotta néanmoins et elle commença à me citer mes droits.

Ma mère se débattit sur le sol.

— Il est toujours par ici. Il a essayé de tuer ma fille !

Ça ne sembla pas amuser l'agente.

— Mais oui, c'est très probable, maugréa-t-elle.

Mamie appuya fort sur son épaule et tout le monde retint sa respiration.

— Écoutez-moi, mademoiselle ! Si ma fille affirme qu'il y a un tueur en liberté, vous avez intérêt à croire qu'il y a un tueur en liberté. Qu'est-ce que ça fait si elle a un peu dépassé les limitations de vitesse ? Est-ce aussi terrible que d'avoir un tueur en liberté ?

L'officier Raines partit d'un rire sarcastique.

— *Un peu !* Vous voulez dire de cent quatre-vingts kilomètres-heure au moins.

— Il fallait que j'attire votre attention d'une façon ou d'une autre, grogna ma mère en cherchant désespérément à se retourner.

— Eh bien, ça a fonctionné, dit la policière en

poussant mon épaule pour me forcer à descendre les marches de la terrasse. Vous avez mon attention et un aller simple pour la prison du comté.

Non, non, non. Ça n'allait pas du tout. Je n'avais pas eu le temps de terminer de rassembler les indices pour découvrir pourquoi Thompson voulait assassiner Harlow, puis moi. Mais j'avais confiance en ma mère. Si elle disait qu'elle l'avait vu, alors il était sans doute encore quelque part ici.

— Thompson ! criai-je en essayant en vain d'échapper à celle qui m'avait capturée. Nous savons que vous êtes là.

— Arrêtez de détourner l'attention, cracha la policière.

Pourquoi ne voulait-elle pas nous écouter ? Si elle traînait ma mère et moi au poste, alors Mamie allait être en danger et Thompson ne serait sans doute jamais remis à la justice.

L'officier Raines me poussa vers sa voiture de patrouille pendant que Mamie la frappait à chaque pas.

— Lâchez ma petite-fille !

Tout ceci dégénérait vraiment très vite. Il ne restait plus qu'une seule personne vers laquelle me tourner. Enfin, pas exactement une personne...

— Octo-Chat ! hurlai-je en étirant le cou en arrière pour regarder la maison.

Mon cher et adorable chat tigré arriva à point nommé en courant par sa chatière électronique et il leva des yeux tremblants vers moi.

— Angela, je ne te ferais jamais de mal.

— Je sais, répondis-je tendrement, ce qui était difficile étant donné que j'étais en garde à vue. Aide-nous. Aide-nous à attraper Thompson. C'est lui le tueur, pas les chats.

L'officier Raines me regarda avec pitié.

— Vous, vous pourrez peut-être vous en sortir en plaidant la folie, dit-elle.

Il était clair que ça ne lui plaisait pas du tout.

Octo-Chat courut dans le jardin et commença à crier à pleins poumons. Nous le regardâmes tous hurler :

— Jacques ! Jillianne ! C'est le moment ! Livrons l'assassin de votre humaine à la justice ! Faites ce que font les chats ! Faites-le maintenant !

Je ne sais pas s'il savait où ils étaient cachés, mais un instant plus tard, un terrible grognement se fit entendre sur le toit, suivi par un sifflement, et...

Thompson apparut en trébuchant, s'écartant de l'endroit où il se cachait derrière la tour. *Ma tour !*

— Le voilà! criai-je à l'officier Raines en me tordant violemment pour la forcer à regarder.

— Monsieur, cria la policière qui l'aperçut tout de suite. Pourquoi pénétrez-vous illégalement sur cette propriété?

— Oh, euh, bafouilla mon patron en essuyant ses mains sur la veste de son costume.

Sur son visage coulait du sang frais et je reconnus immédiatement le travail d'un chat énervé... peut-être deux.

Thompson passa la main sous sa veste, puis en sortit un pistolet luisant. Pour la troisième fois en l'espace de quinze minutes, je risquais de mourir. Quelle journée.

— Monsieur! Lâchez votre arme! ordonna l'officier Raines en me poussant à terre, sans doute pour ma sécurité.

Octo-Chat courut vers moi et se mit un nettoyer ma joue avec sa langue râpeuse.

— Je suis vraiment désolé, Angela. Dire que j'ai été utilisé de cette façon. Je ne te ferais jamais de mal. Tu es mon humaine et je t'aime.

— Je sais, répondis-je en regrettant d'être menottée parce que je ne pouvais pas caresser sa douce tête poilue. Moi aussi, je t'aime.

Un cri terrible nous sépara. Je levai les yeux juste

à temps pour voir Thompson frapper le sol. Sa jambe était tordue de façon ignoble après sa chute de deux étages et il poussait des cris de douleur.

En roulant sur le côté, je levai la tête et je vis Jacques et Jillianne sur le bord du toit en train de se lécher les pattes chauves avec bonheur. Et soudain, je compris tout. Je ne savais toujours pas pourquoi il l'avait fait, mais Thompson s'était servi des sphinx pour faire tomber la sénatrice comme il avait utilisé Octo-Chat pour me faire trébucher, cet enfoiré rusé. Pas étonnant que les pauvres chats perturbés avaient avoué le crime.

Octo-Chat jeta un coup d'œil vers Jacques et Jillianne sur le toit et poussa un cri de joie.

— Ils ont fait ce que font les chats ! exulta-t-il en se précipitant vers la silhouette prostrée de Thompson.

Ce qu'il se passa ensuite ne fut pas très joli. Il marcha sur le dos de Thompson et s'accroupit. Un endroit humide assombrit immédiatement la veste claire du costume de mon patron et une odeur d'ammoniaque très reconnaissable se mêla à l'air frais de la soirée.

— Voilà pour avoir essayé de tuer mon humaine ! hurla-t-il, furieux, avant de griffer Thompson avec ses pattes arrière.

Mamie éclata de rire en frappant dans ses mains. Franchement, j'aurais fait pareil si je n'avais pas été menottée.

— Merveilleux, cria-t-elle.

— Officier Raines, marmonnai-je, le visage aplati sur le sol. Cet homme est entré par effraction dans ma maison et a essayé de me tuer. Nous sommes à peu près certaines qu'il est également celui qui a tué la sénatrice Harlow et a essayé de maquiller cela comme un accident.

Thompson émit un râle.

— Vous avez de la chance qu'une telle chute ne vous ait pas brisé le cou, dit la policière en retirant les menottes à ma mère et moi, puis en s'avançant pour attacher Thompson. Ou peut-être pas, puisque vous allez avoir beaucoup de choses à expliquer en arrivant au poste.

Elle le força à se lever et il poussa un nouveau cri de douleur.

— Bien fait ! pesta Mamie.

La policière installa Thompson à l'arrière de sa voiture de patrouille puis disparut dans la nuit.

Bon, maintenant que nous savions qui l'avait fait, il était temps de découvrir pourquoi...

19

Maman, Mamie et moi nous rassemblâmes autour de la table de la salle à manger, la même qui avait été utilisée pour servir le repas empoisonné ayant fait perdre la vie à la propriétaire de ce domaine. J'essayai cependant de ne pas trop y penser pendant que j'entamais avec appétit le repas délicieux et bien mérité devant moi.

Malgré le décor chic, nous mangions un gratin de pâtes au thon et saucisses de Vienne couvert de chapelure.

— Je n'arrive pas à croire que monsieur Thompson ait tué son amie. Je n'arrive pas à croire qu'il ait essayé de me tuer, moi aussi, dis-je en secouant tristement la tête.

Octo-Chat était assis à côté de moi et il lapait un bol de crème. Il leva la tête, rota et me sourit sans paraître gêné. C'était incroyable de voir comme les choses revenaient vite à la normale, par ici.

— Eh bien, tu as dit qu'il n'était pas un très bon patron, fit remarquer Mamie en piquant une mini saucisse du bout de sa fourchette et en la mordant d'un air extrêmement ravi.

— Il me semble qu'un mauvais patron et un assassin, ce n'est pas du tout la même chose, lança ma mère.

Elle avait trouvé une vieille bouteille de pinot noir dans la cave et elle buvait des gorgées généreuses de son verre trop rempli.

— Tu l'as résolue, dis-je en lui faisant mon meilleur sourire filial. C'est toi qui as tout compris. *Comment ?*

Elle hésita un instant, but une autre gorgée, et dit :

— Eh bien, ça n'a pas été facile, mais quand la mort a été déclarée comme étant un accident, j'ai su que ça ne pouvait pas être la vérité. Comme Mamie et toi sembliez avoir formé votre propre club d'investigation, j'ai décidé de surveiller la forêt. C'est ce qu'aurait fait n'importe quelle bonne journaliste à ma place.

— Et puis tu as vu Thompson s'y faufiler discrète-
ment, ajoutai-je.

— Oui. C'était particulièrement suspect quand je
l'ai vu grimper hors de la fenêtre de l'étage. Les
invités ne font jamais ça.

Elle but une autre gorgée et soupira :

— Cependant, je ne sais toujours pas pourquoi.

— Harlow avait l'intention de prendre sa retraite.
Elle le préparait pour la remplacer, révélai-je. Charles
me l'a appris plus tôt dans la journée.

— Hé, tu ne me l'as jamais dit ! protesta Mamie en
posant sa fourchette et en appuyant la serviette contre
ses lèvres.

— Je ne l'ai dit à aucune de vous. Je n'en ai pas eu
le temps.

— Apparemment, dit ma mère en frottant le
sommet de son verre de vin avec le doigt. Ce Charles
a informé Thompson, et c'est pour cela qu'il est venu
traîner par ici.

— Charles ne m'aurait jamais mise en danger,
répliquai-je alors que l'angoisse se déversait à
nouveau dans mon estomac.

— Pas volontairement, acquiesça Mamie. Penses-
tu qu'il a été piégé ?

— C'est de ma faute, marmonnai-je en comprenant maintenant ce qui était arrivé. J'ai demandé à Charles d'interroger Thompson sur la raison pour laquelle il avait rendu visite à la scène de crime, le premier jour.

— Et cette conversation lui a suffi pour savoir que tu étais sur ses trousses, dit Mamie en se renfrognant. Je n'ai jamais beaucoup aimé cet homme.

— Tu ne l'as pas non plus rencontré, fis-je remarquer en appréciant comme ma mère et ma grand-mère étaient promptes à me défendre.

— Ils étaient amis, dit ma mère après quelques moments de silence. Il a tué une amie. Pour quoi? Le pouvoir?

— Franchement, je ne le sais pas, avouai-je. Les officiers Raines et Bouchard pourront cependant le lui faire dire.

— J'espère vraiment que nous avons vu le dernier meurtre à Glendale pour de nombreuses années à venir, ajouta Mamie en soupirant.

— Pas moi, annonça Maman en levant son verre.

Quand Mamie et moi nous tournâmes vers elle avec horreur, elle ajouta :

— Quoi? Ça donne des actualités intéressantes.

— Je suis de son côté, dit Octo-Chat derrière moi. Je ne me suis encore jamais autant amusé de toutes mes vies.

Nous terminâmes le dîner et ma mère rentra chez elle. Je me rendis compte trop tard que Cal n'avait pas eu le temps de livrer le lit de Mamie, mais ça ne semblait pas la perturber.

— J'aime dormir sur la banquette de fenêtre, dit-elle. C'est comme une aventure.

Je levai les yeux au ciel, mais je partis me coucher malgré tout.

Octo-Chat me suivit à distance.

— Angela ? demanda-t-il. Sans rancune ?

Nous montâmes tous les deux sur mon lit et je lui caressai le dos.

— Bien sûr. Ce n'était pas de ta faute.

Il baissa la tête et s'écarta.

— J'aurais dû essayer davantage. J'aurais dû mieux t'aider avec les sphinx.

— Oui, tu aurais dû, acquiesçai-je, car je ne voulais pas céder sur ce point spécifique. Mais nous ne pouvons pas changer le passé. Nous pouvons seulement essayer de faire mieux demain.

Octo-Chat ronronna et roula sur le dos.

— Tu peux caresser mon ventre maintenant, signala-t-il.

J'hésitai, les doigts à quelques centimètres de son ventre poilu.

— Promets-tu de ne pas me mordre ?

— Je promets de ne plus jamais te mordre, dit-elle.

Eh bien, c'était certainement une promesse en l'air. Peu importe son euphorie et son amour pour moi du moment, dès le lendemain, j'allais probablement le contrarier encore. Je ne doutais cependant pas de ses bonnes intentions.

Pour ce soir, je décidai de me détendre un peu et de me laisser profiter de sa gentillesse inattendue. Je le caressai un peu plus longtemps jusqu'à ce que mon téléphone vibre entre nous.

— Une seconde, dis-je en mettant le téléphone sur haut-parleur. Allô ?

— C'est Charles, dit mon ami, hors d'haleine.

Un immense sourire s'étala sur mon visage.

— Je sais.

— Je vais te laisser avec ton petit ami, annonça Octo-Chat en trottant hors de ma chambre vers une autre partie de la maison.

J'étais ravie que Charles ne puisse pas le comprendre, d'autant plus qu'il était toujours dans une relation avec Breanne Calhoun et que je ne savais pas ce qui allait naître de mon nouveau béguin pour son frère jumeau, Cal.

— J'ai appris ce qui est arrivé avec Thompson, dit-il.

Sa voix se brisa et j'eus l'impression qu'il pleurait.

— La police est venue m'interroger ce soir. Ils ont cru que j'étais peut-être impliqué, puisque j'étais son associé.

— Ils savent que c'est faux, n'est-ce pas ? lâchai-je.

Je ne voulais absolument pas que Charles porte le chapeau. Il n'avait été impliqué que parce que j'avais demandé son aide.

— C'est de ma faute s'il t'a poursuivie.

Sa voix se brisa à nouveau.

— Si quelque chose t'était arrivé, Angie…

— Stop. Il ne s'est rien passé. Je vais bien. Et toi ? Est-ce que la police t'a disculpé ?

— Pas officiellement, mais ça ne devrait pas tarder.

— J'essaie toujours de comprendre pourquoi Thompson aurait pu tuer son amie.

Je recommençai à me ronger les ongles.

Heureusement, Charles ne pouvait pas voir mon habitude dégoûtante et Maman n'était pas là pour m'en empêcher.

— Je ne crois pas que c'est ce qu'il voulait, répondit Charles. À mon avis, il voulait simplement lui faire assez mal pour qu'elle démissionne plus tôt et qu'il puisse prendre sa place.

— Mais pourquoi ?

— Avec un peu de chance, il avouera ses raisons, mais je suis prêt à parier que Harlow et lui n'étaient pas d'accord concernant l'oléoduc. Ils aimaient tous les deux l'environnement, mais Thompson était sans doute un peu plus disposé à trahir ses principes pour le bon prix.

— C'est affreux, crachai-je avant de m'essuyer la bouche du revers de la main.

— Oui, acquiesça Charles. Mais tu promets que tu vas bien ?

— Je le promets. Au fait, j'ai appris qu'il fallait te féliciter. Tu as acheté la maison de Mamie.

Il rit.

— Oh, ça. Oui, j'ai de bons souvenirs du temps que nous y avons passé à travailler sur l'affaire Calhoun ensemble.

— Bonne nuit, Charles, dis-je avec un énorme sourire.

J'avais peut-être encore une chance avec Charles, finalement.

— Tu as fini ? demanda Octo-Chat qui se tenait juste de l'autre côté de la porte ouverte.

— Oui. Puis avoir plus de câlins maintenant ? demandai-je en tapotant le lit à côté de moi.

Il me jeta un regard noir.

— Angela, pas devant les invités !

Il fit un pas de côté pour révéler Jacques et Jillianne qui attendaient également dans le couloir. Ils ne me comprenaient pas comme Octo-Chat, mais apparemment, ce n'était pas le sujet.

— Pardon, marmonnai-je en m'asseyant dans le lit. Entrez.

Les trois chats entrèrent et trouvèrent des endroits confortables sur mon duvet.

J'attendis qu'Octo-Chat explique ce qu'il se passait, et après un court silence gênant, c'est ce qu'il fit.

— Je sais que tu as encore des questions sur ce qui est arrivé, alors je suis allé chercher ces deux-là et je te les ai apportés.

— Mais tu détestes les sphinx, chuchotai-je en me couvrant la bouche au cas où ils étaient capables de lire sur mes lèvres.

Octo-Chat haussa les épaules.

— Ils sont irritants, mais aussi plutôt cools. Tu as vu la façon dont ils ont fait tomber ce type du toit ? C'était génial.

Je ris et je tendis la main pour toucher le petit sphinx, Jacques. Sa peau nue était étonnamment douce, pas glissante et froide comme je m'y étais attendue.

Jillianne s'avança elle aussi pour demander des

caresses, mais Octo-Chat bondit sur mes genoux et poussa un hurlement d'avertissement.

— Bas les pattes! On ne touche pas à mon humaine! cria-t-il.

Je me contentai de rire à nouveau. J'aimais qu'Octo-Chat soit fier de notre relation. Comme il n'avait aucun souci à m'insulter librement, je savais que ses compliments venaient du fond du cœur.

— Bon, dit-il quand les deux autres eurent reculé au bout du lit. Que veux-tu savoir?

— Tu as fait référence à un point rouge quand tu... je veux dire, quand je suis tombée. Ont-ils aussi vu un point rouge?

Les chats échangèrent des miaulements, et pour une fois je profitai du spectacle. Quelques minutes plus tard, Octo-Chat fit son rapport :

— Oui, un petit point rouge et brillant. Le pointeur laser.

— Si tu sais que c'est un pointeur laser, pourquoi as-tu essayé de l'attraper? demandai-je.

Il se tourna vers les sphinx, mais je l'interrompis.

— Non, c'est à toi que je pose la question.

— Nous ne décidons pas de pourchasser ce petit point rouge qui brille, me dit-il avec sérieux. Certaines choses sont simplement comme elles sont.

Le soleil se lève, le coq chante, le chat essaie d'attraper le petit point rouge.

— Qui parle sous forme de devinettes maintenant? dis-je avec un sourire satisfait. C'était incroyablement poétique.

Il leva les yeux au ciel.

— Veux-tu que je t'aide ou pas?

— Oui, s'il te plaît.

Je lui caressai la tête pour m'excuser.

— Peux-tu s'il te plaît leur demander pourquoi ils étaient tout le temps assis dans ce petit coin froid?

— Oh, je le sais déjà, répondit Octo-Chat. Ils se punissaient.

— Ils se punissaient? répétai-je en me sentant très mal pour ces pauvres petits chats sans poils.

Il hocha la tête.

— Les chats adorent la chaleur et ceux-là en ont encore plus besoin que nous. Ils se sentaient si coupables d'avoir tué leur humaine, qu'ils ont décidé de se punir.

— Savent-ils que ce n'est pas de leur faute?

Il secoua la tête.

— Je n'en suis pas certain. J'ai essayé de leur expliquer, mais ils sont encore assez bouleversés.

— Ooh, les pauvres, dis-je en me décalant vers le fond du lit pour les caresser à nouveau.

— Angela, on ne va pas les garder, m'avertit Octo-Chat.

— Ne t'inquiète pas, dis-je avec un sourire, en le caressant à son tour pour l'apaiser. J'ai déjà le chat parfait, et en outre, je pense connaître la bonne personne pour les accueillir.

20

Cela fait déjà quelques semaines que Mamie, Octo-Chat et moi avons emménagé dans notre nouvelle maison, et maintenant j'ai vraiment l'impression que c'est chez nous. Le mieux — en dehors du fait que nous soyons tous ensemble, bien sûr — est la nouvelle bibliothèque que Cal a faite pour moi. J'y ai mis mon bureau et je passe maintenant des heures à lire, à faire des recherches ou à parcourir les réseaux sociaux. J'essaie de rester mieux informée sur les événements actuels, maintenant que ces événements ont failli me faire tuer.

Ma mère n'aurait pas pu être plus fière.

Mon ancien patron, monsieur Thompson, a plaidé coupable pour homicide. Comme Charles l'avait soupçonné, il n'avait jamais eu l'intention de tuer la sénatrice Lou Harlow, il voulait simplement la malmener un peu. Il avait avoué qu'il avait saboté les escaliers et mis quelque chose dans sa boisson, le soir du gala de charité. Et oui, il s'était servi de ses propres chats contre elle. Avec un petit point rouge brillant, Jacques et Jillianne avaient fini par devenir une arme mortelle. Thompson avait voulu que tout cela ressemble à un accident, mais il n'avait pas compté sur l'implication de mon équipe de super enquêteurs.

Il prétend n'avoir pas non plus voulu me tuer moi, seulement me faire peur, mais je n'y crois pas. Il n'avait toutefois pas besoin de me convaincre. Il n'avait besoin de convaincre personne, puisqu'il avait déjà été radié du barreau et qu'il n'aurait jamais l'occasion de servir au Sénat. Maintenant, nous attendions juste de savoir combien de temps il allait faire en prison. J'espérais que c'était beaucoup.

Jacques et Jillianne semblent enfin s'être pardonnés eux-mêmes, et même si leur ancienne propriétaire leur manque beaucoup, ils ont désormais un très bon papa pour chats. Ce n'est pas Matt qui les a adoptés, mais plutôt Charles Longfellow, le troisième. Je savais qu'il se sentait seul depuis que Yo-Yo le yorkshire était parti, et comme il semblait s'installer définitivement par ici, deux colocataires félins étaient le moyen parfait de transformer sa maison en véritable foyer.

Il ne les trouvait même pas effrayants. Je suppose que parce qu'il venait de Californie, il avait l'habitude des choses étranges.

Matt, le fils de la sénatrice, a également décidé de rester à Blueberry Bay. Il a dit vouloir continuer sur les traces de sa mère et il est en train de lutter avec son ex pour obtenir la garde de leurs deux enfants pendant l'été. Il espère leur donner l'enfance de rêve au bord de l'océan qu'il avait eue lui-même. C'est un voisin agréable maintenant que je n'ai plus peur de lui, même s'il a l'intention de vendre et de trouver une maison plus petite. Il pourra ainsi avoir plus d'argent à donner à la Bourse Lou Harlow.

La sénatrice avait également laissé sa marque à Washington. Pendant que Matt triait ses affaires, il a trouvé une proposition presque terminée d'un nouveau parc éolien, ici, dans le bel état du Maine. Elle n'avait pas encore eu le temps de le présenter au comité du Sénat, mais Matt a fait en sorte que le dossier atterrisse dans de bonnes mains.

Tout se termine plutôt bien. Ce n'est pas parfait, mais... on se contente de ce que l'on a.

Il ne nous restait plus qu'un élément majeur à régler, et cela allait arriver aujourd'hui. Ma nouvelle sonnette retentit, jouant un petit air ancien que Mamie avait choisi parmi une énorme liste de possibilités.

— J'arrive ! criai-je en descendant les marches et en ouvrant la porte.

Ma mère semblait nerveuse, mais pas moi. Je la serrai dans mes bras avant de la conduire jusqu'à ma nouvelle bibliothèque.

Elle poussa un petit cri quand je lui montrai.

— Oh, Angie ! C'est magnifique.

Je lui fis signe de s'installer à la fenêtre. Je l'avais déjà ouverte en grand pour laisser circuler l'air agréable du printemps dans la pièce. Cette salle n'était plus une prison, mais plutôt un sanctuaire.

— C'est vrai, confirmai-je avec un soupir de contentement. Mais ce n'est pas la raison pour laquelle je t'ai invitée ici aujourd'hui.

— Ah bon ?

Ma mère croisa les mains sur ses genoux et attendit.

— Il y a quelqu'un que je veux que tu rencontres. *Octo-Chat !* criai-je, et quelques secondes plus tard, mon complice félin nous rejoignit en courant.

Ma mère rit.

— Je connais déjà Octo-Chat, dit-elle en tendant la main pour caresser sa tête tigrée toute douce.

Je souris et je secouai la tête.

— Pas comme moi. Veux-tu lui parler?

Elle fronça les sourcils, puis regarda tour à tour Octo-Chat et moi.

— Comment?

— Par mon intermédiaire.

Je posai ma main sur la sienne et ses yeux se mirent à étinceler de joie.

— Vraiment?

— Vraiment.

Je serrai sa main avant de la relâcher.

Ma mère n'aurait pas pu cacher son enthousiasme, même si elle avait essayé.

— J'ai tant de questions! Comment cela fonctionne-t-il? Peux-tu aussi comprendre d'autres animaux? Peut-il me comprendre? Quel est le rapport avec la cafetière?

Je ris encore. Le visage de ma mère s'assombrit, mais je passai un bras autour d'elle pour lui montrer que tout allait bien.

— Ce sont toutes de bonnes questions, dis-je. Prenons-en une seule à la fois.

ET ENSUITE ?

Je m'appelle Gracie Springs et je n'ai pas de pouvoirs magiques... mais je crois que mon chat en a. J'ai commencé à avoir des soupçons quand il a sauté un petit peu trop haut en poursuivant un rouge-gorge dans le jardin. Et j'en ai été sûre quand il a ouvert la bouche et qu'il s'est adressé à moi par mon nom !

Et qu'a-t-il dit en premier ? Qu'il n'aime pas le nom que je lui ai donné — même si Bouboule lui va comme un pull chaud à Noël. Nous avons trouvé un compromis avec « Merlin le Matou Magique », qui selon lui évoque très bien sa longue et noble lignée.

Après avoir réglé ce détail, il m'a informé que je dois garder son secret ou risquer de passer le reste de ma vie dans une espèce de prison magique. J'ai accepté, ne sachant pas que ça allait se transformer en travail à plein temps : je dois sans cesse le couvrir et mentir afin de nous sortir de quelques situations délicates.

Quand mon patron du café local est tombé raide mort, les circonstances déjà difficiles deviennent presque impossibles... d'autant plus que tous mes collègues semblent penser que je suis responsable.

J'espère vraiment que mon chat sorcier saura me sortir de là, parce que pour l'instant, j'ai le choix entre une malédiction d'un côté et une inculpation pour meurtre de l'autre. Au secours !

Merlin Affronte un Familier est maintenant disponible. Commandez votre exemplaire dès aujourd'hui !

APERÇU
MERLIN AFFRONTE UN FAMILIER

Je m'appelle Gracie Springs et j'ai toujours été une fille assez normale. Je travaille en tant que barista tout en préparant mon Master de sociologie. J'ai fini tous mes cours, mais je n'ai toujours pas trouvé le sujet parfait pour mon mémoire. Et sans lui, je ne peux pas obtenir mon diplôme.

Oups.

En attendant, je vis dans une petite ville ordinaire de Géorgie du Sud nommée Elderberry Heights. La plupart de mes voisins ont plus de soixante-dix ans. Je vis dans la maison de ma grand-mère Grace. Elle a choisi d'abandonner sa demeure en déménageant vers le sud dans un village pour retraités branchés situé sur l'archipel des Keys, en Floride.

Elle m'a donné la maison où elle a élevé mon père

et mes oncles, en disant que c'était mon héritage anticipé et que j'avais toujours été sa préférée, de toute façon… et pas seulement parce que nous avions le même prénom.

Elle a laissé tous ses meubles et sa décoration, ce qui signifie que ma maison contient au moins trois dizaines de napperons en crochet faits main et que le salon est constitué de canapés fleuris marrons et de petites tables en chêne clair. Je n'ai pas le cœur — ni l'argent — de changer quoi que ce soit.

Grand-mère Grace m'a aussi laissé ce chat en piteux état qui est apparu sur le seuil de la porte quelques jours seulement avant qu'elle déménage et que j'emménage. Le vétérinaire dit qu'il s'agit d'un Maine coon. Moi je dis qu'il est bien plus grand que ne devrait l'être un chat, surtout si l'on tient compte de ses longs poils ébouriffés qui lui donnent littéralement un air de boule de poils.

Je suppose que c'est pour cette raison que je l'ai appelé Bouboule.

Garder un chat que je n'avais pas voulu était un petit prix à payer pour une maison gratuite et avec le temps, Bouboule a commencé à me plaire. Il n'est pas exactement du genre à faire des câlins. En fait, chaque fois que j'ai essayé de le soulever, il m'a attaqué. Il a réussi à me faire saigner deux fois.

Je n'essaie plus de le soulever, mais si je reste assise sans bouger et que je fais semblant de ne pas m'intéresser à lui, il vient parfois s'installer sur mes genoux. Un jour, il a même ronronné.

Bouboule aime la nourriture et il prend souvent une bouchée de ce que je mange pour le dîner. Il aime aussi courir dans les couloirs au milieu de la nuit comme une créature possédée.

Je n'avais pas eu l'intention d'en faire un chat d'extérieur, mais il est si doué pour s'échapper que j'ai fini par installer une chatière afin de ne plus avoir à m'inquiéter de ses escapades.

Ce qui me ramène à ce matin...

J'étais en retard pour le travail, parce que j'avais passé un moment particulièrement difficile à essayer de suivre un nouveau tuto maquillage de ma Youtubeuse beauté préférée. À la fin, j'avais tout retiré et gardé un regard charbonneux et des lèvres couleur chair. Ça m'apprendra à essayer une nouveauté juste avant de devoir partir au travail.

D'autant plus que mon vieux patron radin utilise la moindre excuse pour faire des retenues sur mon salaire. Il est toujours très amer parce qu'une franchise populaire de cafés s'est installée à quelques rues de lui et a considérablement diminué ses profits. Mais il est aussi entêté et pas tout à fait prêt à admettre sa défaite, c'est pourquoi il a gardé tous ses employés tout en diminuant nos heures et en cherchant n'importe quelle excuse pour nous payer moins.

Un type super, mon patron...

Je n'avais pas vu Bouboule depuis le petit-déjeuner et je voulais être certaine que tout allait bien avant de partir au travail.

— Bouboule! Bouboule! Viens là, minou, minou! l'appelai-je en claquant la langue, mais il ne vint pas en courant.

Il ne vient jamais en courant. C'est toujours à moi de le trouver.

Je regardai donc sous le lit, derrière le canapé et par la fenêtre.

Je finis par l'apercevoir, le derrière en l'air et la tête au ras du sol : la posture classique précédent un bond. De l'autre côté, un rouge-gorge qui n'avait rien remarqué prenait son bain dans le bassin pour oiseaux en pierre laissé par grand-mère. Il profitait des quelques gouttes qui ne s'étaient pas encore évaporées à cause du soleil brûlant de l'été.

Le derrière de Bouboule s'agita une fois, deux fois.

Il bondit, mais le rouge-gorge le vit arriver et s'envola.

Bouboule s'envola à sa suite.

Et ce ne fut pas un bond de chat normal. Il

ressemblait à un petit athlète félin sur le point de faire un smash au basket. Il monta et monta à la suite de sa cible effrayée. Il devait être monté d'au moins deux mètres et il continuait.

C'est alors qu'il a tourné la tête vers moi et qu'il m'a vue en train de l'observer. Ses yeux émeraude transpercèrent les miens et pendant un instant, il resta coincé en l'air.

Puis il se retourna et le mouvement soudain rompit le sortilège. Bouboule retomba parterre, puis détala hors de ma vue en me laissant perplexe. *Que venait-il de se passer ?*

* * *

J'attribuai tout l'épisode du chat défiant la gravité à mon manque de sommeil et à une imagination trop active, puis je me dépêchai vers la Maison du Café de Harold.

Même si j'ignorai à la fois les limitations de vitesse et les panneaux stop, j'arrivai avec trois minutes de retard à mon travail. Mon patron, Harold lui-même, m'attendait juste à côté de la porte.

Il tapota son poignet alors qu'il ne portait jamais de montre et cria :

— Quand finiras-tu par apprendre la leçon ? Trois

minutes, c'est trois dollars, et puisque c'est ton deuxième retard cette semaine, je double ta peine.

Je poussai un petit grognement de mépris et je le contournai vite pour pointer.

— Gracie ! Tu m'écoutes ? demanda-t-il en me suivant comme un caneton cinglé.

— Oui, tu retiens six dollars sur ma paie parce que j'ai trois minutes de retard, alors qu'il n'y a pas de clients et que tu ne nous paies que le salaire minimum. Et même ça, c'est parce que tu y es légalement obligé. Bientôt, c'est moi qui te paierai pour avoir le plaisir de n'avoir rien à faire pendant que nos clients traînent au Mermaid's Brew au bout de la rue. C'est à peu près ça ?

Le visage de Harold devint écarlate.

— Quelle insolence ! hurla-t-il. Si ça ne coûtait pas si cher de former un nouveau, tu n'aurais plus de travail. En fait, tu as de la chance que je…

Il fit un pas en arrière, secoua la tête et réessaya.

— Écoute-moi, Gracie. Tu as de la chance que…

Il arrêta de parler, le souffle coupé, et s'effondra sur le sol. Il était passé de furax à immobile en quelques secondes.

— Harold, Harold ! criai-je en m'agenouillant pour vérifier s'il respirait encore.

Ce n'était pas le cas.

Je pris son poignet pour trouver un pouls.

Je ne le trouvai pas.

Oh-*oh*.

Merlin Affronte un Familier est maintenant disponible. Commandez votre exemplaire dès aujourd'hui !

À PROPOS DE MOLLY FITZ

Même si Molly Fitz, l'autrice de bestsellers sur la liste de *USA Today*, ne sait techniquement pas communiquer avec les animaux, ses trois assistants d'écriture félins et elle ont des conversations très animées en vaquant à leurs occupations.

Elle vit avec son enfant et leur propre zoo quelque part dans la nature sauvage de l'Alaska. Molly s'aventure parfois hors de chez elle pour de bons repas, du café délicieux, ou pour rencontrer de nouveaux animaux.

Apprenez-en plus sur Molly et ses livres en français, et n'oubliez pas de vous inscrire à sa newsletter sur **minoumystérieux.com.**

LES ENQUÊTES DE LA CHUCHOTEUSE

Angie Russo vient de s'associer avec le tout premier chat détective parlant de Blueberry Bay. Avec sa bande hétéroclite d'humains et d'animaux, Octo-Chat est bien décidé à sauver la situation… tant que ça n'interfère pas avec son planning. Commencez par le tome 1, ***Minou Mystérieux***.

MYSTÈRES MAGIQUES DE MERLIN

Gracie Springs n'est pas une sorcière... mais son chat est un sorcier. Elle doit maintenant aider à garder son secret ou risquer de passer le reste de sa vie dans une prison magique. Dommage que les problèmes semblent les suivre partout où ils vont! Commencez par le tome 1, ***Merlin affronte un familier***.

L'AGENCE D'INTÉRIM PARANORMALE

La vie simple de Tawny Bigford prend un tour magique quand elle tombe sur le meurtre de sa propriétaire et qu'elle est recrutée par un chat noir parlant nommé Fluffikins pour prendre le rôle de la défunte en tant que Sorcière Officielle de la ville de Beech Grove, Géorgie. Commencez par le tome 1, ***Sorcière à louer***.

COMMUNIQUEZ AVEC MOLLY

Si vous cherchez à rejoindre une communauté de doux dingues qui aiment les animaux autant qu'ils aiment les livres, alors nous allons vraiment nous entendre !

Suivez **ma page Facebook** exclusivement réservée à mon lectorat français : Facebook.com/lapilealire

Abonnez-vous à **ma newsletter** pour recevoir des cadeaux numériques, les dernières nouvelles et même des cadeaux occasionnels réservés uniquement à mes fans français : minoumystérieux.com/abonnez

www.ingramcontent.com/pod-product-compliance
Lightning Source LLC
Chambersburg PA
CBHW050314110726
47899CB00007B/2241